DENTRO O FUORI

KC Burn

Triskell Dreamspinner

Special Print Edition

Pubblicato da
Triskell Edizioni - Dreamspinner Press - Special Print Edition

Dentro o fuori
Copyright © 2011 by KC Burn
Traduzione di Martina Nealli

Illustrazione di copertina di Reese Dante http://www.reesedante.com

Edizione originale – stampata negli Stati Uniti d'America
Novembre 2011

Edizione eBook italiano: 978-1-61372-884-0
Edizione Paperback italiano: 978-88-9312-000-5

Agli amici e ai famigliari che mi hanno sostenuta e aiutata durante la stesura del manoscritto, in particolare a Chudney, Jax, Dottie e Alex. Non ce l'avrei mai fatta senza di voi.

CAPITOLO
UNO

KURT si accucciò dietro l'auto, in attesa del segnale di Ben. Chissà se quelle auto erano anti-proiettile. I modelli di trent'anni fa sì che erano solidi come carri armati; suo padre ne aveva ancora uno, lo chiamava *transatlantico su ruote*. Ma al giorno d'oggi… beh, di certo non le costruivano in titanio.

La faccia bollente per il sole a picco, rivoli di sudore dalla fronte fino al colletto della tuta, la t-shirt blu fradicia: i giubbotti antiproiettile scaldavano come forni, ma non si poteva farne a meno. Era l'ultimo martedì di maggio, ma dal clima sembrava giugno avanzato.

Kurt odiava quelle maledette retate a mezzogiorno. La luce diurna non dava nessun vantaggio in quanto a visibilità, e il sole in faccia poteva sempre accecarti al momento sbagliato.

Si passò una mano sulla fronte. Se almeno fosse stato in incognito, avrebbe potuto mettersi una bandana per trattenere il sudore sui capelli corti. L'odore acre del catrame bollente dell'asfalto faceva a gara con quello del pesce putrefatto e della spazzatura proveniente dal mercato lì vicino. Kurt avrebbe preferito aspettare i rinforzi, ma faceva il poliziotto solo da tre anni; Ben era nelle forze da una vita, e aveva molta più esperienza di lui. Forse era un po' chiuso e silenzioso, come uomo, ma era anche un detective in

1

gamba e dedito al suo lavoro. Kurt gli avrebbe affidato la propria vita.

Com'era giusto che fosse.

Ben si mise in posizione davanti all'ingresso e gli fece il segnale. Un'ultima sistemata al colletto del giubbotto, e Kurt strisciò sul retro dell'edificio, rasente il muro, stando sempre lontano dalle finestre.

Gustav, uno degli informatori di Ben, gli aveva fatto una soffiata su un sospetto. Ben aveva insistito perché agissero subito, e Kurt si era fidato del suo giudizio, anche se la soffiata riguardava un caso non loro. Ben aveva contatti ovunque – e poi, che male poteva fare, strappare qualche elogio alla squadra antidroga?

Immobile con la pistola in pugno, Kurt attese l'inevitabile fuga sul retro che puntualmente si verifica quando uno sbirro viene a bussarti alla porta. Si sporse a sbirciare dal vetro sporco. Deserto – non un'anima viva. Le sedie e il tavolo erano coperti da uno spesso strato di polvere; la stanza sembrava in disuso da anni.

Ben intimò di aprire la porta, e la sua voce forte strappò Kurt alla perlustrazione. Proprio mentre tornava a concentrarsi, Ben sfondò la porta e l'edificio esplose; Kurt venne sbattuto per terra.

LA LUCE gli feriva gli occhi, ma non poteva stringerli più di così. Avrebbe voluto tapparsi anche le orecchie, per proteggersi da quei BIP infernali.

«È sveglio?» chiese una voce acuta, femminile.

Kurt rabbrividì.

«Su, è ora di svegliarsi.»

I BIP erano ritmici, regolari… come un battito cardiaco. Giusto. Avrebbe dovuto capirlo subito – dall'odore intenso di disinfettante – che si trovava in ospedale. I macchinari a cui era collegato dovevano aver segnalato, in qualche modo, il suo risveglio.

«Che è successo?» Cristo santo. Quella non era la sua voce – era la voce di uno che si era pappato sabbia a colazione. Parlare gli faceva un male cane.

«Ce la fa ad aprire gli occhi, detective O'Donnell?»

Col cazzo. «Troppa luce,» riuscì a mormorare. Una fitta di dolore prese a pulsargli nelle tempie. Altre parti del corpo minacciavano di imitarla; non che la cosa lo entusiasmasse – ma che diavolo, almeno non era morto.

La luce si abbassò, e Kurt provò a sollevare le palpebre. Un'infermiera – si sforzò di metterla a fuoco – con degli orsetti sul camice teneva in mano una cartellina e ci scribacchiava sopra qualcosa, con la penna più rumorosa del mondo.

«Sete.»

Nonostante la voce da gessetto sulla lavagna, la donna gli sorrise comprensiva. «Lo so. Ma non posso darle niente finché il dottore non la visita.»

Gli diede un buffetto sulla spalla e uscì dalla stanza. Le scarpe di gomma cigolavano, e Kurt rabbrividì.

Cosa diavolo era successo?

Provò a muoversi con cautela, arto per arto, in cerca del dolore. Niente superava il pulsare alla testa, ma anche la gamba e il braccio sinistri non erano esattamente in forma. Si guardò intorno, ma non trovò niente che potesse indicargli la data o l'ora. L'ultima cosa che ricordava era di essere salito in macchina con Ben dopo aver ricevuto la soffiata. Avevano avuto un incidente? Gli avevano sparato? Lo sforzo gli causò un dolore atroce alla testa. Sospirò e provò a rilassarsi, per quanto lo consentisse quella specie di blocco di granito che l'ospedale chiamava «materasso».

Moriva dalla voglia di strapparsi la flebo e uscire in corridoio a chiedere spiegazioni a qualcuno; al tempo stesso, però, sospettava che un'azione del genere gli avrebbe causato ancora più dolore. Non si era mai sentito così male in vita sua – non ci teneva a scoprire se la situazione poteva peggiorare.

Gli giunse alle orecchie il chiacchiericcio inconfondibile di una coppia irlandese irata. Si rilassò ancora di più. Se anche i suoi genitori non fossero riusciti a convincere il dottore a visitarlo subito, bastava aspettare l'arrivo dei vari fratelli e sorelle A quel punto, di certo, lo staff ospedaliero avrebbe fatto di tutto per sbatterlo fuori il prima possibile.

«Lì dentro c'è mio figlio!»

Oh. Sempre più vicini. Kurt pregò che a sua madre venisse concesso l'ingresso o somministrato del valium, perché era già abbastanza su di giri, e la sua voce sembrava ballargli un tip-tap nella testa.

«Signora O'Donnell, signor O'Donnell. Sono certo che il medico sta arrivando. Venite un attimo con me in sala d'aspetto.»

Quella voce sicura apparteneva al suo capo. Che ci faceva lì? Voleva forse dire che l'incidente – di qualunque cosa si trattasse – c'entrava qualcosa con la soffiata? Perché non riusciva a ricordare? E dove cazzo era Ben?

Kurt si portò una mano sul capo e strofinò piano. Buon Dio, aveva bisogno di un anestetico – oppure, in alternativa, una bella decapitazione.

«Detective O'Donnell.» Una donna minuscola, col camice bianco, entrò nella stanza. «Sono la dottoressa Sarwa. Come va la testa?»

«Fa male.» Riecco quella voce da corvo. «Che è successo?»

«Fra un attimo. Sente nausea?»

«No, non direi.» Non era una bugia, anche se non avrebbe ingerito cibo per niente al mondo.

La dottoressa Sarwa annuì convinta e scrisse qualcosa sulla cartella. Poi afferrò le coperte e gli scoprì il fianco sinistro. Kurt si sforzò di guardare, anche se il movimento gli causava dolore agli occhi, e vide che il braccio era tutto fasciato. Che fosse rotto?

La dottoressa rimosse la garza portando alla luce una cicatrice irregolare, sull'interno del braccio, dal gomito al polso, tenuta insieme da una serie di punti neri.

«Lei è un uomo fortunato, detective O'Donnell,» mormorò la dottoressa mentre tastava la... era difficile chiamarla incisione. Nessun chirurgo degno di questo nome avrebbe mai eseguito un taglio così malfatto, irregolare. «Non si è rotto neanche un osso.»

E quella la chiamava fortuna? Dopo aver visto la ferita, il braccio prese a pulsargli a ritmo col cervello.

Kurt inspirò a fondo. Sentiva la gola troppo asciutta per sprecare parole. «La gamba?»

La donna fece una mezza risata beffarda. «Niente di serio, solo un ginocchio slogato.»

«Ho sete.»

«Lo dirò all'infermiera. Le darà un po' di succo.» Si mise a rifare la fasciatura. «Ha un bell'aspetto. Okay, le faccio un riassunto veloce. Ha sbattuto la testa, e le schegge le hanno tagliato il braccio.»

Kurt rise per un attimo, ma smise non appena il battito nella sua testa divenne un rullo di tamburi. «Opinione professionale?»

La dottoressa Sarwa gli sorrise debolmente. «Potrei scendere nei dettagli, ma è inutile farlo adesso, è ancora troppo confuso. Le schegge hanno causato un bel danno, sarebbe morto dissanguato se non l'avessimo operato subito. Però poteva andarle molto peggio. Tornerò più tardi a spiegarle tutto per bene.»

Kurt poteva essersi assopito per qualche minuto, perché gli parve che l'infermiera fosse subito lì a portargli il succo. Seguirono la madre e il padre.

«Tesoro! Oh, piccolo mio!» Sua madre andò subito sul lato del letto dove non c'era l'infermiera. In quel momento lo interessava di più la cannuccia in avvicinamento. Sentì il profumo acido di mela e gli venne subito l'acquolina in quella bocca asciutta come cotone.

Sua madre gli prese la mano e la strinse forte. Sentì le lacrime bagnargli il dorso. Era la prima volta che... beh, di certo non era la prima volta che si faceva male. Con sei fratelli più grandi, aveva una certa esperienza con lividi e ossa rotte. Ma questa era la prima volta che rimaneva ferito sul lavoro – doveva essere lavoro, per forza. Non gli veniva in mente un altro posto dove poteva essersi ferito con delle schegge.

Quando la sete si fu placata, se non estinta, si voltò verso sua madre. L'infermiera uscì, e il padre prese il suo posto.

«Kurt, tesoro...»

«Mamma, sto bene.»

«No che non stai bene.»

Kurt fece una smorfia, e suo padre disse piano: «Deirdre, non strillare. Ricordati cos'ha detto la dottoressa.»

«Ma non sta affatto bene, Sean.» Si chinò a baciargli la guancia. «Mi dispiace, piccolo.»

«Come ti senti, figliolo?» Suo padre fece per toccargli il braccio fasciato, ma optò invece per la spalla.

«Indolenzito.» Ma adesso che si sentiva più sveglio, era pronto per andare a casa. Saputo qual era il problema fisico, il dolore sembrava essersi acquietato. «Papà, cos'è successo?»

I suoi genitori si scambiarono un'occhiata. La madre prese a piangere.

«Beh?» Non li aveva mai visti senza parole.

«Tesoro, avresti potuto morire.» Sua madre aveva la voce spezzata.

Il livello dei decibel fuori dalla stanza aumentò. Dovevano essere arrivati gli altri parenti. E che diavolo – non stava peggio di quando Ian lo aveva sfidato ad arrampicarsi su quell'albero marcio in giardino. Quella volta si era spaccato un braccio e una gamba. Stavolta era solo un brutto taglio, una botta in testa e un ginocchio slogato. Cos'era tutto questo dramma? Si comportavano come se avesse avuto undici anni, invece che trentuno. Perché doveva essere proprio lui il figlio minore?

La porta si aprì, ma non entrò un parente. Era il suo capo.

«Signore?» La nausea lo assalì, e il dolore alla testa prese a pulsare più rapido.

«O'Donnell. Sono lieto di vedere che hai ripreso conoscenza. Purtroppo ho brutte notizie.» Come se non si fosse già capito dall'espressione seria.

«Quali notizie, signore?» Sentì sua madre stringergli forte la mano. Suo padre si allontanò e si mise a guardare fuori dalla finestra.

«Ricordi cosa stavi facendo quando c'è stata l'esplosione?»

Esplosione? Ecco il perché delle schegge. Il resto era avvolto nel buio. «Non ricordo nessuna esplosione. Abbiamo ricevuto una soffiata da Gustav e poi sono salito in macchina con Ben. La macchina è esplosa?»

Perché non c'era Ben a spiegargli tutto questo? La nausea divenne un dolore acuto, lancinante.

«L'edificio indicato dalla soffiata era una trappola. Siamo quasi certi che ci fosse la mano di un criminale mandato dietro le sbarre da Ben quando era ancora nell'antidroga – si fa chiamare Novi, l'Orso Russo. È uscito due mesi fa con la condizionale.»

Novi. Kurt aveva già sentito parlare di lui – era un trafficante di droga e uno spacciatore, fra le altre cose. Ma l'espressione del commissario Nadar gli disse che non era finita.

«Mi dispiace, Kurt. Ben non ce l'ha fatta.»

Morto? Kurt trasalì. Frammenti di ricordi lo assalirono, e si sentì sprofondare nel rumore.

«Tesoro, mi dispiace tanto,» bisbigliò sua madre. I suoi avevano incontrato Ben un paio di volte. Ben era un lupo solitario, e anche dopo tre anni insieme, Kurt non sapeva granché della sua vita privata. Però era il suo partner. Lavoravano bene insieme, e Kurt lo riteneva un amico. I quindici anni di differenza non contavano niente.

Sentì gli occhi riempirsi di lacrime, e distolse lo sguardo da Nadar, rivolgendosi a sua madre. La donna tirò fuori un fazzoletto dalla borsa e gli asciugò il viso.

Con un sospiro profondo, tornò a guardare il suo capo. «Quanto tempo è passato? Avete informato la sua famiglia?» Per quanto ne sapeva, Ben aveva solo la madre. Voleva essere lui a darle la notizia; era compito suo.

«Ho provveduto mentre eri in sala operatoria. Non si sa con certezza, ma il funerale dovrebbe svolgersi sabato. Dovrai mettercela tutta per guarire, se vuoi essere presente.»

«Sì, signore.» Ci sarebbe andato, a costo di trascinarsi dietro la flebo e tutti i macchinari. E poi si sarebbe impegnato a sbattere l'Orso Russo in galera.

«Buona giornata, signori O'Donnell.» L'ispettore Nadar fece un cenno col capo; poi girò sui tacchi e uscì dalla stanza.

«Ha ragione, tesoro. Devi rimetterti. Non so cos'avrei fatto se ti avessi perduto.»

In quella irruppero nella stanza i suoi vari fratelli e sorelle – tutti dispiaciuti per Ben, e felici che Kurt stesse bene. Pretesero di abbracciarlo e baciarlo, uno per uno, non senza qualche problema; ma non sarebbe stata la sua famiglia, senza baci e abbracci. Qualcuno di loro doveva aver terrorizzato le infermiere; Kurt era quasi certo che nessun altro paziente potesse ricevere otto persone per volta. Ma era felice che fossero lì. Sperò che ci fosse qualcuno con la madre di Ben, in caso la donna fosse abbastanza lucida da capire quanto era accaduto.

«Mamma, voglio andare a casa.»

«Lo so, piccolo. I medici vogliono tenerti qui un altro giorno, ma domani veniamo io e papà a prenderti. Erin ti ha già preparato la stanza, mentre venivamo qui. Ci prenderemo noi cura di te.»

Più tardi avrebbe ringraziato sua sorella. Si sentiva stupido a volere le attenzioni della mamma, alla sua età, ma l'idea di tornare al suo appartamento sterile lo faceva solo piangere di più. Non aveva una fidanzata; non aveva nessuno che frequentasse regolarmente. Ma aveva una grande, amorevole famiglia.

LA CHIESA era piccola, ma le gambe di Kurt già si lamentavano per la camminata dal taxi. A Ben non sarebbe importato di vederlo seduto dietro o davanti, così Kurt si lasciò cadere nell'ultima fila. L'idea di attirare l'attenzione su se stesso, sopravvissuto a Ben, lo metteva a disagio.

Avrebbe dovuto lasciar venire anche i suoi genitori, ma per un qualche motivo sentiva di dover venire da solo. Che stupido. Il bastone non bastava affatto a reggerlo – non quando era costretto a tenerlo con la mano sbagliata. Passò in rassegna i presenti in cerca di qualcuno che assomigliasse alla signora Kaminski. Voleva almeno porgerle le sue condoglianze. Quasi tutte le panche erano occupate da uomini in divisa – pochissimi i civili.

Sbucò il prete, l'espressione seria, pronto a iniziare la messa. Non c'era la bara, come al funerale di nonna O'Donnell – l'unica altra persona a lui cara ad essere morta. Kurt sperò che l'assenza della bara fosse una scelta e non una necessità, ma negli ultimi giorni si era sentito troppo esausto per le ferite per informarsi. La funzione cominciò, ma Kurt si distrasse subito. Nessun prete poteva offrirgli parole di conforto. Non adesso.

La sua mente si riempì dei ricordi delle ore trascorse insieme, nell'auto del distretto. Forse Ben era stato restio a parlare della sua vita personale, ma aveva somministrato anni di saggezza a un poliziotto nuovo come Kurt, che se li era bevuti avidamente, migliorando di giorno in giorno grazie al suo collega.

Due persone non in uniforme stavano sedute in prima fila, ma a lato, sulla destra. Tutto il resto della panca era vuoto, riservato a una famiglia che o non esisteva o non sarebbe arrivata. Da dov'era seduto, Kurt riusciva a scorgere solo il profilo della donna, e gli sembrò più o meno dell'età di Ben. Quindi non era la signora Kaminski. E chi, allora? Non c'erano somiglianze fisiche con Ben – anche se stava in prima fila, non poteva essere una di famiglia.

La donna si asciugò gli occhi con un fazzoletto, e ne offrì un altro all'uomo seduto accanto. Questi lo prese, ma invece di usarlo lo strinse nel pugno. La donna si mosse leggermente, permettendogli di scorgere il profilo dell'uomo. Kurt non riconobbe neanche lui.

I presenti si alzarono in piedi per cantare, ostruendogli la vista. Kurt non voleva affaticare la gamba alzandosi e sedendosi in continuazione, e persino sua madre lo aveva esonerato. La donna non voleva assolutamente che il suo figlioletto si facesse male di nuovo.

Quando il prete si alzò per l'elogio funebre, Kurt si sentì trafitto dal rimorso. A meno che non se ne occupasse un amico di Ben, qualcuno al di fuori del corpo di polizia, quell'incarico sarebbe dovuto spettare a lui. Aveva accettato per vergogna l'offerta dell'ispettore di parlare al posto suo, e la vergogna lo rendeva nervoso, agitato, mentre stava fermo ad ascoltare, cercando di non macchiare l'uniforme con le lacrime. Ma Nadar non aveva speso tanto tempo con Ben quanto lui, e il suo discorso rifletteva la distanza. Fissò gli sconosciuti in prima fila, immaginando che uno dei due si sarebbe alzato per parlare dopo l'ispettore, ma nessuno dei due lo fece. La donna si asciugò di nuovo le lacrime dagli occhi.

Merda. Possibile che avesse lavorato con Ben tanti anni senza sapere che l'uomo aveva una fidanzata? Certo, magari era una parente – ma Ben non aveva mai nominato nessun familiare a parte la madre. La donna si portò la mano al volto per sistemare una ciocca dei capelli scuri, e stavolta Kurt scorse un dettaglio che avrebbe dovuto notare subito. Una fede nuziale.

Che cazzo?

Perché Ben non gliel'aveva detto? Okay, probabilmente Kurt blaterava fin troppo della sua famiglia, ma Ben non rispondeva praticamente mai alle domande personali. Kurt credeva di essere stato suo amico, ma non sapeva nemmeno che Ben fosse sposato – figuriamoci riconoscere la donna che come minimo avrebbe dovuto incontrare nei tre anni di lavoro insieme. Cavolo, la maggior parte dei poliziotti sposati che conosceva frequentavano i colleghi anche fuori servizio, spesso con le mogli al seguito. Okay, con Ben al massimo aveva pranzato insieme qualche volta, ma Ben aveva incontrato i suoi genitori e gli altri parenti almeno una volta, quando erano passati in stazione a trovarlo.

Un dolore acuto gli attraversò il braccio. Kurt si accorse che stava stritolando con le mani il bastone appoggiato in grembo. Niente di che per la destra, ma un po' eccessivo per la sinistra, che aveva ancora i punti. Fece un sospiro e rilassò le dita. Sarebbe andato a parlare con i due sconosciuti dopo il funerale. Sentiva di avere dei doveri in quanto partner di Ben. Doveva sapere. Sempre che riuscisse a tenere sotto controllo l'amarezza. Perché Ben non aveva chiesto un trasferimento se lo odiava così tanto? Doveva odiarlo – Kurt non riusciva a pensare a nessun'altra ragione per non parlare al proprio partner di una moglie, anche se separata.

Non poteva chiedere a Ed, il partner precedente di Ben, e cercare di capire se lui la conosceva. Ed era morto di infarto, e Kurt era stato messo in coppia con Ben proprio come conseguenza. Il dolore che provava nel sapere che il suo partner non si era fidato di lui –

per niente – faceva concorrenza al senso di vuoto lasciato da un amico. Forse era stata una relazione a senso unico, ma a Kurt mancava il suo amico. Dio. Perché non sapeva niente? Era colpa sua, si era comportato troppo da egocentrico? Oppure Ben gliel'aveva taciuto volontariamente? Il senso di colpa gli bruciava come acido nello stomaco. Doveva essere per forza colpa sua.

La funzione si chiuse di colpo, o almeno così sembrò a Kurt, che stava pensando a tutt'altro. Le due persone in prima fila scapparono subito fuori, senza quasi neanche aspettare che il prete finisse la predica. Senza rifletterci, Kurt scattò in piedi e uscì dalla chiesa, per cercare di raggiungerli al parcheggio.

«Aspettate!»

Due teste more si voltarono dalla sua parte. L'uomo bisbigliò qualcosa alla donna, che fece cenno di sì con la testa.

«Grazie,» disse Kurt, ansimando. Dio, non vedeva l'ora di riavere le sue forze. Si ricompose, e prese il bastone con la sinistra, così da poter almeno stringere le mani. I due erano senz'altro parenti, ma la donna sembrava diversi anni più vecchia e aveva quel gonfiore alla mandibola che caratterizza le donne all'inizio della gravidanza. Ben stava per diventare papà? D'un tratto non fu più sicuro di riuscire a trovare le parole sotto l'ondata di rimorsi che lo sommerse.

«Sono Kurt O'Donnell. Il partner di Ben.»

L'uomo trasalì appena e distolse lo sguardo. La donna gli diede una gomitata. «È un piacere conoscerti, Kurt. Io sono Sandra, e lui è mio fratello Davy.» Sarebbe stata un testimone perfetto in un processo. Le sue parole gli fornirono solo una briciola delle informazioni mancanti.

«Condoglianze.» Kurt le prese la mano e la strinse dolcemente. La donna aveva gli occhi rossi e una pelle giallastra più facilmente associabile alla malattia che al dolore.

«Anche a te,» rispose.

Kurt allungò la mano verso Davy, contento che almeno Sandra avesse un fratello accanto a sostenerla, ma percepì un messaggio diverso da quel che si aspettava. La donna teneva un braccio attorno alla vita del fratello, e le spalle curve in modo protettivo. Avrebbe dovuto essere il contrario.

Davy lo guardò con occhi arrossati, come la sorella. Ma quella era l'unica cosa che avevano in comune.

Sandra era triste; Davy era distrutto. Gli occhi, color cioccolata, sembravano contenere tutta l'angoscia dell'universo. La sclera era più che arrossata – sembrava che piangesse da giorni; aveva il naso rosso e gonfio come le palpebre, e un colorito pallido, da trauma, che Kurt si aspettava di vedere su Sandra. Non sembrava del tutto presente.

«Mi dispiace tanto,» sussurrò Kurt, la mano di Davy dimenticata fra le sue. Per un attimo ebbe la tentazione fortissima di abbracciarlo, ma era troppo impegnato a nascondere lo shock e il tradimento. Il mondo parve capovolgersi sotto i suoi piedi, man mano che i pregiudizi e le conclusioni a cui era giunto si vaporizzavano, sostituite dalle nuove informazioni ora in suo possesso.

Davy fece per dire qualcosa, ma non uscì niente. Abbassò lo sguardo, senza sfilare la mano da quella di Kurt. Sandra intervenne a separarli.

«Ora dobbiamo andare, Kurt. Grazie per essere venuto a presentarti.» Provò a sorridere.

Salirono in macchina, Sandra al volante.

«Aspettate!»

La donna si girò sul sedile.

«Che ne è della mamma di Ben?»

«Ah, non era giornata. La casa di riposo ci ha sconsigliato di portarla.»

Kurt si fece da parte e li lasciò scappare. Non c'era un altro modo per dirlo. Si issò sul bastone mentre guardava i fanali scomparire in lontananza. Se Ben aveva detto la verità su sua madre, era possibilissimo che fosse troppo malata o confusa per partecipare al funerale. Sandra però aveva mentito; faceva il poliziotto da troppo tempo per non capirlo.

CAPITOLO
DUE

QUELLA sera i suoi famigliari provarono a tirarlo su di morale. Sua sorella maggiore venne a trovarlo con le due bambine, prima che la mamma prendesse servizio al ristorante.

Ora che i figli erano adulti, entrambi i genitori di Kurt passavano quasi tutto il tempo al locale di famiglia, il Finn's Frolic, una via di mezzo fra un ristorante e un pub. Dall'intervento di Kurt, sua madre era rimasta quasi sempre a casa, mentre gli altri parenti lo accompagnavano dal dottore, o passavano a fargli visita, o facevano turni extra al Finn's per permettere alla madre di rimanere con lui.

Si sedette al tavolo della cucina, pensando con nostalgia al suo appartamento sterile e senza vita.

«Kurt, tesoro, le bambine volevano vedere il loro zio preferito. Ti va di fare qualche gioco da tavolo?» Erin gli stampò un bacio sulla guancia mentre posava sul bancone due borse della spesa.

«Sì, certo, perché no.» Finché si trattava di giochi semplici, poteva benissimo giocare e intanto assimilare le informazioni guadagnate quel giorno. Si mise a tormentare un buco sulla tovaglia gialla. «Stasera sei tu la mia bambinaia?»

«Kurt!» Erin reagiva come sua madre. Kurt arrossì. In fondo volevano solo aiutarlo.

«Scusa. È stata una brutta giornata.»

Erin sospirò e andò ad abbracciarlo, i lunghi capelli che gli sfioravano gli avambracci. Se Kurt si fosse lasciato crescere i capelli, sarebbero stati identici a quelli di Erin. Di tutti i parenti, lei era quella che gli assomigliava di più: chioma ramata, pelle dorata, occhi blu scuro. Messi vicini, chiunque avrebbe capito che erano fratello e sorella – proprio come Davy e Sandra.

«Ehi, quando una donna è incinta, quand'è che le vengono le guance cicce?»

Erin gli tirò uno strofinaccio. «Ancora non hai imparato a non usare la parola 'ciccia' con una donna incinta? Dopo cinque nipoti?»

Kurt le rilanciò lo straccio. «Non ho detto che tu sei cicciona. È che c'era una donna al funerale. Aveva quella faccia,» fece un gesto vago intorno alla mandibola. «Sai, gonfia. Sono sicuro che fosse incinta, ma non saprei dire di quanto.»

Erin aggrottò le sopracciglia. Era una domanda strana, ma da quando aveva avuto l'incidente a Kurt concedevano un sacco di cose e di spazio. Il che gli andava benissimo. Voleva tenere per sé Davy e Sandra – almeno finché non avesse svelato l'arcano. Un conto era scoprire che Ben aspettava un figlio da una donna che Kurt nemmeno sapeva esistesse; un conto era immaginare che avesse una relazione con Davy. Se avesse messo in giro voci false, i colleghi non l'avrebbero presa bene. Doveva aver frainteso qualcosa con Davy. Questo non cambiava il fatto che Kurt fosse il peggior detective del mondo.

«Beh, io mi gonfio fra il quarto e il quinto mese, ma a Colleen e Caitlyn era successo dal quinto mese al parto.» Tipico delle gemelle, sempre uguali in tutto.

«E Heather?» Mike, il secondogenito, era sposato da tre anni, e sua moglie doveva ancora abituarsi alla rumorosa famiglia del marito. Non era così in confidenza con le sue sorelle, e l'anno scorso, quand'era rimasta incinta, non l'aveva detto subito. Era stato il gonfiore a tradirla con la madre e le sue sorelle – e proprio per questo Kurt l'aveva notato su Sandra.

«Difficile a dirsi. Però direi che i primi sospetti ci erano venuti intorno al quarto mese.»

«Quindi, quando ormai sai di essere incinta.»

«Sì. Sei sicuro che si tratti di una donna che hai visto al funerale? Aspetta, aspetta... non avrai mica messo nei guai qualche brava ragazza?»

Okay, forse non gli lasciavano poi tanto spazio. «No, Erin. Non ho messo nessuno nei guai.» Per mettere incinta qualcuno doveva uscirci insieme, ed era talmente stufo che non ci provava da settimane... mesi. Suo fratello, Ian, passava da una ragazza all'altra, ma Kurt non riusciva a capire che cosa lo spingesse. Certo, il sesso gli mancava, ma non era poi tanto diverso dal masturbarsi, e almeno non doveva stare attento a farlo bene, e...

Cazzo. No, niente pensieri sul sesso lì – al tavolo della cucina, a casa di sua madre, insieme a sua sorella.

«È solo deformazione professionale. Giuro. Ma non è così importante. Piuttosto, pensavo che avrei giocato con le mie nipotine.»

Erin chiamò le bambine in cucina, e Kurt giocò con loro mentre lei cucinava. Non riusciva a scrollarsi di dosso l'idea che Ben dovesse sapere del bambino. Kurt non l'aveva mai visto euforico, o al contrario, depresso. Nemmeno una volta. Da quanto Ben era sposato? Moriva dalla voglia di chiedere informazioni sul numero di targa – che aveva imparato a memoria – ma se il capo avesse scoperto che usava le risorse del dipartimento per motivi personali, allora sì che sarebbe stato nella merda.

PER una settimana e mezzo Kurt impostò il pilota automatico: andò alle sedute di fisioterapia, alle visite dallo psichiatra del distretto, compilò i moduli per la disabilità temporanea, parlò col medico del suo rientro al lavoro, trascorse del tempo con la famiglia e con gli amici poliziotti che passavano a trovarlo. Ma non riuscì a cancellare il ricordo degli occhi scuri e disperati di Davy.

Al risveglio, martedì mattina – tre settimane dopo la morte di Ben – suo fratello Mike stava leggendo il giornale in salotto.

«Oggi non lavori?» Doveva tornare al suo appartamento. Aveva ancora un braccio fuori uso e un ginocchio cigolante, ma che cavolo! Non era un bambino. Da quando era uscito dall'ospedale, non l'avevano lasciato solo neanche un istante.

«Ho preso mezza giornata. Ho un sacco di ferie accumulate.» Suo fratello lavorava in banca, negli investimenti, ed era maledettamente bravo. Era un gran lavoratore – come tutti in famiglia – e raramente prendeva giorni di vacanza. Per quanto fosse irritante, una parte di Kurt era felice di sapere che la sua famiglia era lì per lui. «Ti porto io dal medico.»

Anche se non gli serviva il ginocchio sinistro per guidare, non gli permettevano di mettersi al volante per paura che si strappasse i punti con un movimento brusco. Farsi portare in giro lo faceva sentire ancora più impotente. Durante la visita gli avrebbero rimosso i punti, ma difficilmente il dottore avrebbe dato l'okay per la guida.

«Possiamo fermarci alla stazione di polizia?»

«A fare cosa?» Mike chiuse il giornale e lo guardò sospettoso. Dopo sua madre, era il parente che insisteva di più sul fatto che Kurt non tornasse al lavoro prima di essere pronto. Ma non era per quello che lui voleva passare alla stazione. Non ci teneva a tornare dietro a una scrivania, starsene tutto il giorno a fissare il posto vuoto di Ben, in attesa che gli dessero il via libera per il lavoro sul campo. O peggio ancora, tutto il giorno con un nuovo partner.

«Devo parlare al mio capo per dei moduli. E vedere se ci sono cose di Ben da portar via.»

«L'avranno già fatto, scricciolo,» disse Mike gentilmente. «Però, per sicurezza, andiamoci dopo la visita. Così puoi fare con calma.»

Suo fratello si alzò e gli diede una strizzatina alle spalle.

«Grazie, Mike.»

KURT fissò la costruzione di cemento. C'era mai venuto fuori servizio? Non da quando, anni prima, aveva consegnato gli ultimi documenti per l'assunzione. «Puoi passare a riprendermi fra un po'?»

Mike gli diede una pacca sulla spalla. «Nessun problema. C'è un bar dietro l'angolo; chiamami quando hai fatto. Ce l'hai il cellulare?»

Kurt alzò gli occhi al cielo. Era un poliziotto, un detective, per Dio. Il cellulare era importante quasi quanto la pistola. E visto che quest'ultima non ce l'aveva più dall'incidente, controllava continuamente di avere con sé il telefono.

«Sì, Mikey. Ti chiamo quando ho finito.»

Col bastone riuscì a scendere dall'auto sportiva senza troppi problemi. Chiuse la portiera e si avviò lentamente verso l'edificio.

I SUOI colleghi lo accolsero con un misto di *com'è-bello-vederti* e *com'è-triste-vederti-da-solo*. Avanzò deciso verso l'ufficio di Nadar, senza degnare di uno sguardo l'angolo con la sua scrivania e quella di Ben.

«O'Donnell. Che ci fai qui? Sei pronto a tornare dietro la scrivania? Io credo che ti serva ancora un po' di tempo.» Nadar sistemò dei fogli nervosamente, e il gesto rese nervoso anche Kurt.

Si chiuse la porta alle spalle, dopodiché prese posto di fronte al proprio capo. «Signore, voglio l'indirizzo di casa di Ben.»

Nadar alzò le sopracciglia, stupito. «Ti spiace spiegarmi?»

«Ha detto di aver informato la famiglia. Credo che si riferisse a qualcun altro, oltre a sua madre.»

«Sei uno dei miei uomini migliori. Sicuro di volerlo? Se lo chiedi a me, ne deduco che Ben non si fidasse abbastanza da dirtelo.»

Altre lacrime – maledette lacrime – gli riempirono gli occhi. «E la cosa mi tormenta, signore. Avrebbe dovuto fidarsi. Sono... ero... il suo partner. La prego, ne ho bisogno.»

«Prometti che non farai niente di stupido.»

«Promesso, signore.»

Il suo capo scrisse qualcosa su un post-it e glielo porse.

«La ringrazio, signore. Che ne è stato degli effetti personali di Ben?»

«Ho già controllato io. Volevo metterli da parte, ma a parte gli appunti sui casi a cui lavoravate e qualche snack, non c'era altro nei cassetti. Nell'armadietto c'era qualche vestito di ricambio, e li ho già restituiti.»

Niente di nuovo, ma l'informazione aveva un nuovo peso per Kurt. Si infilò il post-it in tasca e si diresse alla scrivania di Ben.

Si sedette. Le sedie erano tutte scomode, ma star seduto lì, alla scrivania di Ben, con una visuale tutta diversa della stanza, era una sensazione strana. Gli altri poliziotti furono abbastanza discreti da fingere che non fosse lì e voltare lo sguardo mentre apriva e richiudeva i cassetti, sperando di trovare qualche oggetto personale di Ben sfuggito a Nadar. Persino la tazza era il modello standard. L'ispettore aveva detto che Kurt era uno dei suoi uomini migliori, ma non poteva essere vero. Non si era mai accorto dell'assenza di oggetti personali sulla scrivania del suo collega. Zero foto, zero indizi sui suoi gusti, le sue idee, i suoi interessi. Kurt avrebbe dovuto insistere, fare domande. Mostrare a Ben che meritava la sua fiducia.

Basta, non poteva resistere un altro secondo. Kurt si assicurò di avere ancora in tasca il post-it di Nadar e chiamò suo fratello.

IL SABATO pomeriggio seguente, Kurt scese dall'auto e si fermò sul marciapiede. Tenere il bastone con la sinistra non era il massimo – e la fisioterapista l'avrebbe ammazzato – ma era sempre meglio che usarla per reggere la borsa pesantissima con la casseruola di stufato irlandese della madre. Non riusciva a portarli entrambi con una mano sola. E poi, se tutto andava come previsto, non avrebbe dovuto riportare a casa la casseruola – non piena, almeno, e non subito.

La casetta a un solo piano che si stagliava di fronte a lui era stata un tempo pulita e ordinata. Non che ora fosse in rovina, ma non sembrava più che i proprietari se ne occupassero con precisione ossessiva. La perfezione era come ammorbidita – o magari era solo la sua immaginazione. Sul vialetto, accanto all'auto immacolata ma non particolarmente eco di Ben, c'era una piccola vettura che Kurt non conosceva. Nessuna delle due era l'auto vista al funerale, ed entrambe erano coperte da un sottile strato di polvere.

Kurt si morse un labbro e poi si decise ad andare. La cassetta delle lettere straripava. Non era molto saggio, anche se l'inquilino non era in vacanza: i ladri lo avrebbero interpretato come un segnale di assenza e ne avrebbero approfittato. Kurt sbirciò sulle buste che traboccavano dalla cassetta come piume dalle fauci di un gatto goloso. Davy Broussard. Bene. Adesso aveva un nome completo.

Usò il bastone per premere il campanello, che suonò debolmente. Aspettò un po', poi sbirciò dalla finestra; intravide una pila di giornali accatastati vicino a una serie di scarpe e una valigetta, ma il riflesso del sole gli impedì di vedere meglio.

Stavolta usò il bastone direttamente per bussare, con insistenza. Non voleva che Davy lo evitasse.

Dopo qualche minuto sentì il chiavistello aprirsi, e oltre la soglia comparve un uomo in pigiama, dall'aria arruffata. In pigiama – alle tre di pomeriggio. L'uomo strabuzzò gli occhi – leggermente meno rossi rispetto al funerale – preoccupato, ma non diede segno di averlo riconosciuto.

«Cosa posso fare per lei?»

Wow. Che voce meravigliosa. Più profonda di quanto si sarebbe aspettato da un uomo così mingherlino. Poteva lavorare alla radio. E poi, era sempre stato più alto di lui? Forse superava di cinque centimetri il suo metro e ottanta – ma l'altezza non contava molto in confronto ai venti chili di muscoli di vantaggio di Kurt. Magari era più alto, ma era decisamente più magro.

«Salve, sono Kurt O'Donnell, il partner di Ben. Si ricorda?» Davy fece un respiro intenso, quasi un singhiozzo, proprio come al funerale. Era il nome di Ben a causargli tanta angoscia? «Posso entrare? Comincia a farmi male la gamba.» Non era vero, ma era un'ottima scusa. Aveva la sensazione che Davy volesse sbattergli la porta in faccia, ed era pronto a tutto per impedirlo. Aveva bisogno di risposte, ma sentiva anche di dover fare qualcosa, in quanto partner di Ben.

«Oh, certo.» La gentilezza vinse sul primo istinto di Davy. Kurt si insinuò in casa senza dargli il tempo di cambiare idea.

«Dov'è la cucina?»

«Perché?» Davy indicò il retro della casa – istintivamente, non perché volesse che Kurt la trovasse.

«Perché ho portato del cibo.»

«Perché?»

Kurt scosse la testa. Si guardò intorno, passando di stanza in stanza, ma non vide altro che mobili standard, disposti come in una caserma. Niente di personale o vivace, eccetto il mucchio di scarpe e giornali nell'ingresso.

La cucina era il luogo più bianco che avesse mai visto in vita sua – compresa la camera dell'ospedale dove era stato di recente. Le uniche macchie di colore erano i fuochi neri del forno e il rubinetto cromato. Posò la casseruola sul bancone e fece una smorfia. Era la vecchia casseruola di sua madre, quella con l'esterno in ceramica verde e un galletto rosso sul davanti. Ed era quasi oscena sul bancone bianco di quella cucina incolore. Era questo lo stile di Davy? Questo... vuoto? Che cazzo, persino il misero appartamento di Kurt aveva un sofà blu e degli strofinacci colorati.

Fece spallucce. Ormai era lì, tanto valeva andare fino in fondo. Sperò che Davy apprezzasse almeno il pensiero. In effetti sarebbe dovuto venire a trovarlo molto prima, ma un po' perché non poteva muoversi come voleva, un po' perché non conosceva affatto Davy, aveva sempre finito col rimandare.

Dopo aver trafficato con la pentola e imbastito il tutto, si girò verso il padrone di casa. Davy sedeva accasciato sul bancone, il volto fra le mani, gli occhi socchiusi. A giudicare dalle occhiaie e dalle guance scavate, doveva aver passato due settimane da incubo. Era incredibile come la sua immagine – nonostante il pigiama azzurro e i capelli scuri – riuscisse a confondersi, quasi a sparire nel bianco della stanza. Kurt si sarebbe aspettato di vederlo risaltare come un fiore fra le ortiche, e invece il bianco sembrava occultarlo.

«Tutto okay?»

Davy sbatté le palpebre, come se fosse troppo stanco per annuire col capo. «Hai capito che Sandra non c'è, vero?»

Eh? «Uhm… sì?» Gli si accese una lampadina in testa. C'era un motivo se inizialmente, al funerale, aveva pensato che Sandra fosse la moglie o la compagna di Ben: Davy glielo aveva fatto credere apposta. Forse allora Ben e Davy nascondevano a tutti la loro storia, non solo a Kurt.

«E allora perché sei qui?» chiese Davy.

«Mi dispiace. Sarei dovuto venire prima.»

Davy fece una faccia confusa, e guardò l'orologio sul muro. «Oggi? Avevamo un appuntamento?»

Kurt si sentì avvampare. Si era presentato lì senza invito, e Davy sembrava non capire il motivo della visita. Beh, forse se avesse dormito almeno una volta dalla morte di Ben – cosa improbabile – sarebbe stato più reattivo.

«Sono venuto a trovare te, non Sandra.»

A quelle parole, Davy spalancò gli occhi e si tirò su a sedere. «Che significa?» Prese a respirare in fretta, come un uccellino spaventato... o un uomo che ha un attacco di panico.

Kurt si inginocchiò di fronte a lui, ignorando il dolore alla gamba. «Respira, dai, respira. Lentamente. Inspira... espira. Non aver paura di me.» Strinse il ginocchio di Davy, per spingerlo a concentrarsi su di lui e sulla respirazione.

Dopo qualche minuto Davy non era più a rischio svenimento, e Kurt si issò su un'altra sedia. Aveva agito d'impulso, ma la fisioterapista lo avrebbe ammazzato. Forse avrebbe pure dovuto andare a recuperare la prescrizione per gli antidolorifici, tornato a casa. Ma al momento il problema era un altro.

«Va meglio adesso?»

Davy annuì – come si deve, stavolta. Aveva gli occhi come un punto interrogativo.

«So che Ben viveva qui. E so anche... o almeno, mi pare di dedurre che tu vivessi qui con lui.»

Riecco quell'espressione spaventata. Davy si mise a giochicchiare nervosamente con le dita fredde e senza sangue. Non rispose.

Un'altra illuminazione. Il partner di Ben – si era presentato così, come il partner di Ben. La parola doveva avere tutto un altro significato per Davy. «Tu eri il suo compagno. Stavate insieme, vero?» Davy non portava anelli, quindi non dovevano essere sposati.

Davy strinse le labbra, come per impedire alle parole di uscire. Kurt aveva già visto quell'espressione – nelle persone colpevoli ma che non sono ancora criminali incalliti; bisognosi di confessare, ma intimoriti dalle conseguenze.

Finalmente Davy aprì bocca, ma invece della conferma che Kurt si aspettava, ripeté la domanda di prima. «Perché sei qui?»

«Per scusarmi. E per offrirti il mio aiuto, con qualunque cosa tu possa aver bisogno.»

«Non ti seguo. Scusarti per cosa?»

A Kurt bruciarono gli occhi. Aveva ricordato buona parte di quel giorno, ma non tutto. «Avrei dovuto fare di più. Forse Ben sarebbe ancora vivo.»

Davy si schiarì la voce. «L'ispettore Nadar mi ha raccontato tutto. Non è colpa tua. Non c'era bisogno che mi portassi da mangiare.»

Kurt inarcò un sopracciglio e squadrò Davy da capo a piedi. Al funerale l'aveva visto solo per qualche secondo, ma da allora sembrava aver perso almeno dieci chili ed era dello stesso colore del muro. A sua madre sarebbe venuto un colpo a vederlo così. Kurt non poteva permettere che il compagno di Ben si lasciasse morire.

«Dicevo sul serio quando ho detto di volerti aiutare. Ben era mio amico.» Anche se probabilmente la cosa non valeva nei due sensi. «Se avesse avuto una moglie... una compagna, dei figli... aiuterei anche loro. Ora,» Kurt sospirò. «Lo stufato sarà caldo fra una mezz'oretta. Posso fare qualcosa?»

Davy ebbe un sussulto – un altro. E poi, all'improvviso, scoppiò in lacrime. Piangeva, singhiozzava, tremava tutto, e intanto sembrava volesse scappare da un momento all'altro. Si strofinava il viso, come per coprire il dolore.

Kurt non poteva sopportarlo, non poteva permettere che continuasse a scappare e a nascondersi. Lo prese con la mano buona e se lo trascinò in grembo, come un bambino. Davy finì con la testa contro il bicipite di Kurt, dove c'era la cicatrice, e l'uomo si morse la lingua per non gridare. Lo abbracciò col braccio sano, e dopo qualche secondo il corpo rigido e tremolante di Davy si sciolse, stringendosi al suo, come per assorbirne il calore. Kurt si mise in modo che il viso dell'uomo gli poggiasse sulla spalla, e sentì le lacrime calde – l'unica cosa di Davy a possedere calore – bagnargli il collo. Lo cullò, come avrebbe fatto con un nipotino, e l'uomo assunse una posizione quasi fetale. Dove diavolo era Sandra? Dov'erano i parenti di Davy? Gli amici?

Kurt continuò a cullarlo, sussurrando le parole di una filastrocca irlandese che sua madre gli cantava da piccolo. Peccato non essere su un divano. Davy piangeva, e anche a Kurt scivolò qualche lacrima lungo il mento, per andare a sciogliersi nei capelli soffici dell'uomo. Il lutto di Kurt non era così profondo, ma faceva male, ed era lì tutti i giorni.

Gli era già capitato di consolare così dei perfetti sconosciuti – sul lavoro, con le vittime o i parenti delle vittime. Ben non capiva come ci riuscisse, ma Kurt voleva solo essere d'aiuto. Spesso succedeva di incontrare persone disperate, e un abbraccio, in certi casi, faceva miracoli. Davy non avrebbe dovuto essere un estraneo, per lui. Non poteva negargli l'affetto che avrebbe offerto a qualsiasi sconosciuto. Non a quest'uomo pallido, sottile, che Ben aveva amato.

La schiena di Davy era come un libro scritto in braille, e ogni costola narrava la stessa storia di dolore e auto abbandono.

Dopo qualche minuto, l'uomo si calmò. Il corpo si fece più caldo, i muscoli si sciolsero, si rilassarono.

Kurt aveva la spalla fradicia. Davy tirò su col naso. L'angoscia era finalmente placata.

«Hai bisogno di dormire. Su.» Se avesse potuto fare a meno di farlo alzare, lo avrebbe fatto, ma aveva la gamba e il braccio indolenziti.

Convinse Davy ad alzarsi e lo seguì fino in camera da letto – una stanza grande, col letto matrimoniale enorme. Questa doveva essere la loro camera – sua e di Ben. A parte i vestiti accatastati su una sedia, però, la stanza poteva essere quella di un qualsiasi albergo.

Un istante dopo averlo piazzato nel letto – grazie a Dio indossava già il pigiama – Davy stava già dormendo, russando piano.

Il delizioso profumo dello stufato della madre raggiunse il naso di Kurt dalla cucina. Dopo l'episodio catartico, l'uomo poteva dormire per ore; Kurt avrebbe fatto meglio ad andarsene. Già. Però… cavolo. Questa storia fra Ben e Davy era ben strana, e Kurt era diventato poliziotto proprio perché era costantemente curioso.

Andò in cucina e aprì ogni sportello della stanza, a partire dal frigorifero. Confermò quanto già sospettava – il padrone di casa non faceva la spesa da un pezzo, e probabilmente mangiava ben poco dal funerale. In compenso non mancavano detersivi e prodotti vari per pulire – il che non era una sorpresa, visto che la casa intera era così bianca e perfetta. Confermare quanto già sospettava non bastò a placare la sua curiosità.

Passò ai cassetti; li aprì tutti fino a trovarne uno strapieno di lettere ancora da aprire. Le tirò fuori e le fece scorrere. Risalivano tutte alla morte di Ben o ai giorni successivi. Che fosse stata la sorella di Davy a metterle lì? Non sembrava che il padrone di casa svuotasse la cassetta della posta. Kurt avrebbe tanto voluto sapere chi, fra lui e Davy, era il maniaco della pulizia. Finora aveva visto solo la cucina, ma gli indizi puntavano a quello – un disturbo ossessivo compulsivo.

Fece un salto fuori a prendere la posta e si fermò di fronte alla pila di giornali nell'ingresso. Erano tutti datati dopo la morte di Ben. Lasciò la posta sul tavolo in cucina, ma aveva il sospetto che Davy l'avrebbe rimessa tutta nel cassetto. Poi passò a pulire il frigo: buttò via il cibo marcio e diede una passata con la candeggina. Non sapeva quale fosse il giorno della spazzatura, quindi lasciò il sacco in garage.

Abbassò il gas sotto la casseruola – poteva cuocere per tutto il giorno, e al risveglio Davy avrebbe avuto qualcosa da mettere sotto i denti – e si dedicò al resto della casa.

Passò tutto al setaccio come quando, al lavoro, cercava delle prove – anche se facendo meno disordine. Non trovò praticamente nulla. Nulla che suggerisse che la casa fosse abitata, men che meno il nido di una coppia. I mobili erano generici, niente di che, e mancavano del tutto gli oggetti personali. I libri sugli scaffali erano intonsi, niente orecchie, niente segni di usura. Non ce n'era nemmeno uno nuovo. Nessuna foto, da nessuna parte. Persino l'appartamento di Kurt aveva delle foto – Kurt non l'avrebbe mai più chiamato «sterile». Triste, forse, ma non sterile. Questa casa sì che era sterile; per un attimo Kurt fu tentato di cercare impronte digitali, per accertarsi che Davy non fosse solo un fantasma in una casa finta.

Infine gli rimasero da controllare solo la camera da letto e quella degli ospiti. Anche se moriva dalla voglia di scoprire che segreti nascondeva – ammesso che ce ne fossero –, non poteva entrare nella camera matrimoniale senza svegliare Davy.

La camera degli ospiti sembrava identica al resto della casa. Un comò con le lenzuola, un letto preso pari

pari dai cataloghi di mobili... Prevedibile. Se Ben non osava nemmeno confessare a Kurt con chi viveva, figuriamoci se invitava ospiti. E poi, gli ospiti in genere sporcano e fanno casino.

Aprì l'armadio – Dio santo – l'armadio degli scheletri. Tutto lo spazio striminzito traboccava di colori. Camicie, pantaloni, tessuti – persino una coperta fatta a mano con le tinte dell'arcobaleno. Scatoloni in bilico, strapieni di carta e stoffa e altra roba che sbucava da tutte le parti. Una cascata di cuscini, giochi da tavolo, lampade strambe e souvenir. Rossi, verdi, blu, viola e gialli. I colori gli spaccarono le retine dopo aver frugato per ore in quella casa bianca.

Una scatola vicino alle ante aveva il coperchio sporco e consumato. L'aprì. Fotografie. Chi mai terrebbe una scatola intera di foto senza appenderne nessuna per casa?

In cima a tutte stava una vecchia polaroid sovraesposta. Era una scena idilliaca, di dieci anni prima, con Davy e Ben intenti a ridere. Li riconobbe a fatica. Non aveva mai visto Ben ridere, e il Davy di oggi era un'ombra pallida rispetto all'uomo della foto. Non c'era contatto fisico, ma i due erano seduti vicini. Kurt si morse il labbro per scacciare le lacrime.

Diede una scorsa veloce alle altre foto nella scatola. Non ce n'erano altre di Ben, ma diverse di Davy, Sandra e altre persone sconosciute. Si fermò a riflettere sul contenuto dell'armadio. Se si fosse messo a passare tutto in rassegna, ci avrebbe messo ore, e Davy poteva svegliarsi da un momento all'altro. Era palese che fossero tutte cose di Davy. Il che voleva dire che la fobia per lo sporco e l'assenza di effetti personali fossero causate da Ben – a casa come sul lavoro.

L'esperienza gli aveva insegnato che la gente tiene le cose più care vicino a dove dorme. Quella stanza era l'eccezione alla regola. Davy teneva lì gli oggetti a cui teneva di più.

Quell'indagine sollevò più quesiti di quanti riuscì a rispondere. Doveva parlare con l'uomo – ma non oggi. Fece ancora un giro in cantina, ma non trovò niente di nuovo, a parte una palestra perfettamente attrezzata.

Controllò che Davy stesse ancora dormendo, dopodiché lasciò un foglio vicino alla casseruola col proprio numero di telefono e un invito a chiamarlo in caso di bisogno. Che chiamasse o meno, però, l'uomo aveva bisogno d'aiuto, e per rispetto di Ben, Kurt gliel'avrebbe fornito. E magari nel frattempo avrebbe anche soddisfatto la propria curiosità.

CAPITOLO
TRE

ASSALITO dai dejà-vu, Kurt scese dal taxi e camminò fino alla porta della casa di Davy. Non era riuscito a restarne lontano per neanche ventiquattro ore.

La sera prima era stato nervoso, irrequieto, scortese coi parenti, a domandarsi se Davy avesse mangiato lo stufato. Non poteva nemmeno spiegare ai suoi perché era così nervoso. Pensare alla cucina vuota di Davy lo stava portando a superare i limiti della decenza. Forse gli conveniva tornare al lavoro prima del previsto, almeno avrebbe smesso di pensarci.

Era uscito di casa mentre i suoi erano a messa. Non era molto praticante, e anche se Davy lo fosse stato... a giudicare dalla polvere sull'auto, se non andava a lavoro, non andava neanche in chiesa.

Come il giorno prima, bussò col bastone. Di nuovo, aspettò. Di nuovo, suonò il campanello.

Stavolta, quando Davy aprì la porta, nei suoi occhi c'erano riconoscimento e un cauto benvenuto.

«Ciao, Davy. Va meglio?» L'uomo aveva le guance un po' più rosee e le occhiaie un po' meno viola. Però era ancora in pigiama.

Arrossì e chinò lo sguardo. «Sì,» bisbigliò guardandosi i piedi. «Mi dispiace.»

«Non hai niente di cui dispiacerti. A meno che tu non intenda farmi restare qui sull'uscio.»

«Ah, sì, giusto.» Davy fece un passo indietro.

Kurt sorrise, sperando di mettere l'uomo a proprio agio, e si avviò verso la cucina. Probabilmente in salotto sarebbe stato più comodo, ma in casa sua di solito ci si trovava in cucina, e Davy aveva bisogno di passare del tempo in prossimità del cibo se voleva rimetter su qualche chilo.

«Grazie per lo stufato. Era ottimo.» Davy si sedette al tavolo di fronte a Kurt con un'espressione da bambino smarrito, nonostante avesse probabilmente qualche anno in più di lui.

La parte esterna della casseruola giaceva sul bancone bianco immacolato. Buon segno: se Davy avesse gettato lo stufato senza mangiarlo, avrebbe poi pulito e riassemblato la pentola.

«L'hai preparato tu?»

«No, mia mamma.»

«Oh.»

Rimasero a fissarsi in silenzio. Kurt non voleva cominciare discussioni serie, visto che aspettava una consegna. Davy piegò la testa da un lato, aggrottando le sopracciglia.

Suonò il campanello, e Davy si fece ancora più confuso. Guardò Kurt, poi la porta, poi di nuovo Kurt. «Chi è?» chiese con voce sospettosa.

«Non preoccuparti.» Kurt scattò in piedi e si diresse verso la porta. Davy lo seguì.

«Non voglio visite.» Il sospetto divenne isterismo e la voce dell'uomo si fece più acuta.

Kurt aprì la porta e indicò al fattorino dove lasciare le borse. Davy balbettò qualcosa in segno di protesta, ma Kurt lo ignorò. Quando il fattorino uscì per prendere il resto, l'uomo finalmente riuscì a dire: «Che diavolo stai facendo?» si tastò il pigiama, in cerca delle tasche che non aveva. «Chi la paga tutta questa roba?»

Ah, cercava il portafoglio.

«Io.»

«Non se ne parla. Digli di portare via tutto.»

«Così puoi morire di fame? Non ci penso proprio.»

«Sono capacissimo di farmi la spesa.»

Kurt fece una mezza risata. «Beh, avevi il frigo vuoto.»

Il fattorino tornò e si mise a posare le nuove borse. «Kurt!»

«Cristo, Davy, perché non vai a farti una doccia e non lasci che me ne occupi io?» Fece finta di annusare l'aria e poi fece una smorfia di disgusto.

Davy sgranò gli occhi, furioso. Kurt non sapeva se il rossore sul viso e sul collo dell'uomo fosse dovuto alla rabbia o alla vergogna, ma una bella doccia lo avrebbe tenuto lontano finché non avesse sistemato la roba.

«Come ti viene in mente di dire una cosa del genere?» sibilò Davy, gettando uno sguardo furtivo al fattorino che lasciava le borse sul pavimento della cucina.

Kurt alzò gli occhi al cielo. «Ieri avevi addosso lo stesso pigiama. Non è ora di cambiarsi?»

«Zitto! Così penserà che...» la voce dell'uomo si fece più bassa e al tempo stesso più decisa.

«Che cosa? Ah, ne parliamo dopo.» Kurt si voltò verso il fattorino che gli chiedeva la firma sulla ricevuta. Quando questi si chiuse la porta alle spalle, tornò in cucina e si mise a riordinare tutto. Con la gamba e il braccio fuori uso, ci avrebbe messo un po'; poi avrebbe preparato il pranzo.

«Cosa stai facendo?»

«Sistemo la roba. Pensavo fossi andato a farti una doccia.»

«Io… non…» balbettò Davy. «Non ti importa di quel che penserà quel tipo?»

«Il fattorino? Cosa penserà?»

«Che… che noi stiamo… insieme.» L'ultima parola uscì come un sussurro. A Kurt si spezzò il cuore. Come aveva ridotto questo pover'uomo Ben, con le sue manie di segretezza?

«E allora? È un fattorino. Non me ne frega niente.» Kurt non era gay, ma non c'era da vergognarsi ad avere una relazione omosessuale, e di sicuro non gliene importava nulla di cosa pensasse il fattorino. Sempre che pensasse qualcosa. Checché Davy ne dicesse, al tipo interessavano più le mance che la loro vita sentimentale.

«Ah, no?» L'uomo non sembrava capire. In effetti, neanche Kurt capiva. Va bene non farsi pubblicità, ma cazzo, Ben non era l'unico poliziotto omosessuale del mondo, e il matrimonio gay era legale da anni. Perché Ben era così fissato sulla segretezza, tanto da coinvolgere anche Davy nelle sue manie?

«Allora vado a lavarmi.»

Kurt attese che l'uomo lasciasse la stanza prima di iniziare a riordinare la spesa.

IL TEMPO di mettere via la roba e preparare una frittata, e Davy fu di ritorno. Profumava di agrumi. Kurt sorrise quando vide che indossava una t-shirt sbiadita e un paio di jeans: per un attimo aveva temuto di vederlo tornare con un altro pigiama.

«Siediti.» Kurt alzò la fiamma. «Un minuto e sono pronte. Ti piacciono le uova? Non so fare molto altro.»

«Le uova vanno benissimo. Ma so cucinare da solo.»

Kurt si girò per guardare Davy. «Ah, sì? Quando hai mangiato l'ultima volta?»

«Ieri.» L'ombra di un sorriso. Non molto, ma almeno ci aveva provato.

Kurt rise. «A parte ieri.»

Davy tornò serio. «Non mi ricordo. Mi piace cucinare, mi piace un sacco. Ma non riesco a convincermi a farlo solo per me. Non ne vale la pena.»

«Davvero sai cucinare?»

«Sì.»

«Forte. Che ne dici di invitarmi a pranzo domani? Se sai cucinare, dovresti riuscire a preparare qualcosa con tutta la roba che ti ho comprato.»

Kurt mise le frittate nei piatti e le servì con la maestria di un cameriere esperto. Come il resto della famiglia, si era fatto un tot di turni al Finn's – ma mai come cuoco.

Davy tastò le uova con la forchetta.

«Ti assicuro che sono commestibili.»

«Kurt, che ci fai qui?»

Kurt posò la forchetta accanto alle uova intatte. La gola gli si strinse all'improvviso. «Io e Ben abbiamo lavorato insieme per tre anni. Gli avrei affidato la mia vita. Sapevo che era sempre pronto a coprirmi, e, anche se lui evidentemente non la pensava così, io ero pronto a coprire lui. Questo include anche l'impedire che tu muoia di fame!»

«Ben si fidava di te. Diceva che eri il partner migliore che potesse capitargli dopo la morte di Ed. Parlava sempre di te.»

«Di te non parlava mai.» La rabbia si tramutò in rimorso, e le lacrime, che erano sempre dietro l'angolo, minacciarono di tornare. Si concentrò sul piatto che aveva di fronte.

«Lo so,» disse piano Davy. «Ben era fatto così. Non voglio che tu stia qui perché ti faccio pena.»

«Fanculo. Non mi fai pena.» Kurt rialzò lo sguardo. «Ma hai bisogno di aiuto. I tuoi amici dovrebbero stare con te. O tua sorella.»

Davy fece spallucce. «Mia sorella... beh, è un periodo difficile. Suo marito è in Afghanistan, e ha una gravidanza a rischio. Non volevo esserle di peso.» Piantò la forchetta nelle uova, ma non le portò alla bocca.

A Kurt sembrò sufficiente. Voleva che Davy mangiasse, e l'argomento di conversazione non gli avrebbe certo favorito l'appetito. Ci sarebbero state altre occasioni per cercare di capire dove fossero i suoi amici.

«Mangia, Davy.» Sperando di dare il buon esempio, Kurt si riempì la bocca di frittata, masticò e deglutì. «Che fai nella vita?»

«Gestisco i test dei farmaci per una ditta farmaceutica.»

«Oh, una testa fine, eh?»

Davy chinò il capo, ma il complimento gli aveva fatto piacere. «Non proprio.»

«Seeh. Scommetto che hai almeno una laurea. Vediamo... chimica?»

«Quasi. Biochimica.»

«Ecco, appunto. Testa fine. Su, racconta.»

Davy si lasciò distrarre abbastanza da mangiare la frittata fino all'ultimo boccone, e man mano che parlava si lasciò coinvolgere dalla conversazione. Kurt non ci mise molto a rendersi conto che la sua vita professionale era solitaria quanto quella personale. Organizzava il lavoro di molte persone, ma erano tutti suoi sottoposti. Quindi, niente amici sul lavoro.

Dopo mangiato Kurt sparecchiò la tavola e ripulì i piatti. «Beh, ora è meglio che vada. Ci vediamo domani.»

Salvò in rubrica il numero di Davy, poi salì sul taxi diretto a casa.

«TESORO, esci di nuovo?» si lamentò la mamma di Kurt vedendo il taxi entrare nel vialetto. «Sono due settimane che esci sempre a pranzo. Quando me la farai conoscere?»

«Mamma, te l'ho detto. Non ho una fidanzata. Esco con un amico.» Merda. Anche senza i punti e senza il bastone, non si era ancora ripreso del tutto. Non riusciva nemmeno a immaginare di fare sesso in quello stato. In compenso, a breve il medico gli avrebbe dato l'okay per guidare, e a quel punto niente l'avrebbe trattenuto dal tornare al suo appartamento.

La mamma fece un sospiro dubbioso.

«Sicuro che non vuoi un passaggio? Sono preoccupata per te. I tassisti non ti aiutano a scendere e a salire.»

Che cazzo? Non gli era mai servito – o meglio, non aveva mai chiesto – aiuto per salire e scendere da una dannata macchina, nemmeno il primo giorno fuori dall'ospedale. Eppure, sua madre lo trattava come se fosse stato fatto di vetro soffiato, gli tagliava il cibo e gli puliva il culo. Cazzo, non era un bambino, era solo in convalescenza – e ancora per poco.

«Preferisco il taxi, mamma.» Probabilmente l'aveva offesa, ma a tutto c'era un limite. Nessuno sapeva di Davy – Kurt non avrebbe saputo dire perché lo teneva segreto – ma da quando i parenti lo trattavano come un impedito, gli faceva piacere vedere quell'uomo. Rendersi utile gli dava uno scopo di vita, e

Davy apprezzava la sua compagnia. Peccato che, una volta che fosse rientrato al lavoro, Kurt avrebbe dovuto rinunciare ai loro pranzi insieme. A Davy restavano pochi giorni di vacanza, quindi avrebbe ripreso il lavoro prima di Kurt.

«Ciao, mamma.» Le baciò la guancia a mo' di scusa. «Ci vediamo più tardi.»

SUL taxi, a Kurt squillò il telefono. Non riconobbe il numero.

«O'Donnell.»

«Oh, ah, ciao, Kurt?»

«Davy? Da dove chiami?»

«Dal supermercato vicino a casa.»

«C'è qualche problema?» Davy non l'aveva mai chiamato prima, e Kurt non capiva perché non lo stesse facendo da casa. Ma in fondo era la prima volta che l'uomo usciva dal funerale, quindi forse non era un male.

«Oh, ah... no, no. Ehm... oggi pensavi di passare?» Come se non fosse passato tutti i giorni. Andare da Davy faceva scorrere le sue giornate più velocemente, e accertarsi che l'uomo non ripiombasse nella depressione iniziale lo faceva sentire meglio. Un giorno, prima o poi, Davy avrebbe smesso di essere così timido e cauto con Kurt – ma intanto, Kurt era piombato nella sua vita senza preavvisi. Era il più giovane di sei figli – certe cose le aveva imparate per forza. Non sempre gli riuscivano, ma di sicuro ce la metteva tutta.

«Sì, sto arrivando.» Domani, se Dio voleva, sarebbe andato con la sua auto.

«Oh, io... ah... non credo che sia una buona idea.»

Cosa? «Come mai?» Kurt si sentì avvampare. Per fortuna il tassista lo stava ignorando. Forse Davy era stufo di vederlo. Pranzare con Davy era la sua unica terapia dopo la morte di Ben, e Kurt era convinto che la sua presenza fosse di conforto anche a lui. Tanto per dirne una, lo obbligava a mangiare almeno una volta al giorno. Non aveva mai pensato che Davy potesse essere più irritato che confortato.

«Mi dispiace. Non ne potrai più di vedermi, eh?»

«No!»

Oh. «E allora?»

«È che... non mi sento bene.» Davy mentiva – si capiva anche se erano al telefono. Il che rese Kurt ancora più determinato. Qualcosa non andava, qualcosa che non dipendeva dal suo essere un bastardo irritante ed egoista.

«Davy, sto entrando in galleria. Sto perdendo il segnale. Ci vediamo fra un attimo.» Kurt riattaccò. Aveva più speranze di ottenere la verità di persona.

CAPITOLO
QUATTRO

KURT disse al taxi di passare dal supermercato, ma non vide Davy da nessuna parte; così proseguì fino a casa sua – casa *di Davy*; quella non era la casa di Ben, non lo era mai stata. Nonostante la macchina del suo ex-partner parcheggiata nel vialetto, Kurt non riusciva a immaginare che nessun altro vivesse lì, a parte Davy. Ed era meglio per lui farsi trovare dentro.

Kurt saltò giù dal taxi e lasciò un biglietto da venti all'autista; poi si avviò il più in fretta possibile per il vialetto. Avrebbe potuto accelerare un po' il passo, ma aveva portato il bastone solo per sicurezza e non voleva rischiare di tornare a usarlo a tempo pieno.

Schiacciò il campanello con le dita, e attese. Non uscì il solito fastidioso suono, quindi provò a bussare col bastone. Davy aprì la porta di colpo, irritato e sudato.

«Che c'è?» l'irritazione si attenuò quando vide Kurt.

«Ehi, Davy. Come va? Pronto a pranzare?» L'indomani Kurt sarebbe venuto in macchina, e col cavolo che avrebbero pranzato a casa.

«Ti ho detto che non mi sentivo bene... Ehi, aspetta un attimo. Non ci sono gallerie qui vicino.»

Kurt fece spallucce. «Ho mentito.»

«Ma... ma...» Davy boccheggiò come un pesce. «Come hai potuto?»

A Kurt scappò da ridere, ma si trattenne. «Anche tu hai mentito. Non mi sembri affatto malato.»

Davy arrossì dal collo alle guance.

«Posso entrare?» Domanda retorica, visto che nel frattempo Kurt aveva già superato Davy, come quando era stato lì la prima volta. Perlomeno oggi Davy non era in pigiama.

Dio santo. Faceva un caldo infernale. «Davy, ti si è rotto il condizionatore?» Doveva offrirsi di ripararglielo? Non era affatto certo di non peggiorare la situazione. Entrò in cucina. «Almeno apri le finestre. È impossibile che fuori faccia più caldo che qui dentro.» O più buio. Lottò un po' con la finestra sopra il lavandino, che alla fine si aprì con un cigolio. Evidentemente non l'aprivano molto spesso – forse proprio mai. Penetrò un venticello umido e tiepido.

«Meglio.» Era abbastanza prepotente di carattere da sentirsi a casa, e non aspettò che Davy gli offrisse da bere – sarebbe morto disidratato. L'uomo non parlava molto, e chiaramente non aveva ancora inquadrato queste visite quotidiane di Kurt. Però almeno non era più il Davy dei primi giorni – comatoso, preoccupante, a un passo dal collasso.

Kurt aprì il frigo, e non si accese nessuna luce – se non quella nella sua testa. Lasciò perdere lo sportello del frigo e si girò verso Davy, che si fissava i piedi scalzi.

Kurt gli si avvicinò sospettoso e premette l'interruttore che stava proprio alle sue spalle. Su, giù, on, off. Nada.

Quando la temperatura esterna saliva, non era inusuale che si verificassero cali di tensione e che sospendessero la corrente per qualche ora. Ma al momento non faceva ancora così caldo, e in ogni caso, un calo di tensione non bastava a spiegare la vergogna sul viso di Davy, che ancora rifiutava di incrociare il suo sguardo.

«Davy, che succede alla corrente?» Kurt strinse le mani a pugno per non strattonarlo. Cos'era, un modo creativo per suicidarsi? Non ti lascio morire di fame, e allora ti arrostisci?

Poi notò le gocce ai piedi di Davy. Lacrime. Non in cucina, cazzo – Kurt aveva ancora male dall'ultima volta che Davy gli aveva pianto in braccio. Quelle sedie erano uno strumento di tortura.

Superò l'uomo e raggiunse il salotto. Una stanza non bianca, finalmente – anche se con tutto quel beige sembrava di trovarsi dentro a un fungo. Le finestre – grazie a Dio – si aprirono senza troppi problemi; a Kurt doleva ancora il braccio sinistro dopo lo sforzo in cucina. La ferita ormai non gli dava quasi più problemi, ma non voleva far arrabbiare la fisioterapista, o non gli avrebbe permesso di guidare e di tornare al lavoro. Una volta aperte le persiane, la luce migliorò nettamente.

Si voltò e trovò Davy sulla soglia, chino come un cane bastonato. «Siediti.» Kurt indicò il divano di panno.

Davy obbedì, stranamente; anche se l'uomo non parlava molto, Kurt si sarebbe aspettato un minimo di resistenza. Forse Davy aveva colto l'impazienza nella sua voce.

Kurt sedette sul tavolino di fronte al divano, e Davy strabuzzò gli occhi. Kurt alzò i suoi al cielo; senz'altro Ben avrebbe dato di matto di fronte a un ospite col culo o i piedi sul tavolino – ma pace.

«Che cazzo succede?»

Il corpo esile di Davy iniziò a tremare. I singhiozzi si mescolarono al rumore del traffico in lontananza.

Kurt attese, col sangue che gli pulsava nelle tempie. Era arrabbiato, ma non voleva esserlo. Il dolore non spariva dopo poche settimane, specie se si trattava della morte del tuo compagno di una vita. Ci sarebbero voluti mesi perché Davy migliorasse; doveva tenerlo a mente, e non arrabbiarsi per il modo in cui Davy nascondeva la testa sotto la sabbia.

Passarono diversi minuti prima che l'uomo sollevasse la testa; aveva gli occhi umidi e iniettati di sangue. Kurt non li vedeva così dai primi due giorni.

«Non ho potuto pagare la bolletta.»

Si aspettava questa dichiarazione, ma rimase comunque sorpreso. Kurt non riusciva a immaginare che un uomo serio e responsabile come Ben lasciasse il proprio compagno schiacciato dai debiti.

«Dovrò vendere la casa,» sussurrò Davy, mentre gli occhi si colmavano di lacrime pronte a scivolargli per le guance magre.

Kurt si sentì scuotere dal bisogno di stringerlo fra le braccia e promettergli che sarebbe andato tutto bene. Esitò – era davvero questo il conforto di cui Davy aveva bisogno? Probabilmente no – non stavolta. E tuttavia, strisciò sul divano a cingergli col braccio le spalle esili, e l'uomo si raggomitolò e gli si attaccò addosso come una cozza. Quanto tempo era che nessuno lo stringeva in quel modo?

«Ehi, aspetta un secondo. Il tuo stipendio non basta?» Era una domanda terribilmente impicciona. Dio solo sapeva se i prezzi delle case non erano alle stelle – ma quell'abitazione era piuttosto modesta. Due camere da letto, un piano e una cantina.

Senza scollarsi dal collo di Kurt, Davy annuì, poi scosse la testa. «Sì, ma il funerale mi ha prosciugato i risparmi. Tutto il resto viene addebitato direttamente in banca. Le bollette sono tutte a nome mio. Ben...» Davy deglutì e fece un sospiro profondo. «Ben mi passava dei soldi ogni mese. Ma ha chiamato la casa di riposo di sua madre, hanno detto che non avevano ricevuto l'assegno mensile. Non sapevo... non sapevo cosa fare. Gliel'ho mandato, ma così non avevo più soldi per il telefono e la luce. Non mi ero reso conto di quanto fosse costosa la casa di riposo. »

Kurt non aveva mai sentito Davy pronunciare tante frasi di fila. Si fermò un attimo; e la chiamata dal supermercato? «Sei senza telefono? E il cellulare?»

Davy scosse di nuovo la testa.

«Cazzo, Davy. È pericoloso stare senza cellulare. E se ti facessi male in casa? Se ci fosse un incendio? Un ladro?» Kurt si staccò da Davy e lo fissò arrabbiato.

L'unica risposta di Davy fu uno sguardo confuso. Kurt si sforzò di non lasciar trapelare le proprie paure. Se doveva lasciargli il cellulare, l'avrebbe fatto; ma l'uomo al momento aveva ben altre cose di cui preoccuparsi, rispetto a un ipotetico incendio.

«Okay, okay. Scusa. Ben non aveva un'assicurazione sulla vita? Dei risparmi? Non posso credere che non avesse un piano per provvedere a sua madre... o a te. Fa – faceva – un mestiere pericoloso.»

Kurt aveva fatto testamento lo stesso giorno in cui era diventato poliziotto. Non che avesse molto da lasciare in eredità – giusto qualche risparmio. D'altra parte, non aveva persone che dipendevano da lui – come Ben con sua madre.

Davy fece spallucce. «Non lo so. Non me ne ha mai parlato.»

Il pulsare alle tempie si fece più forte e insistente. Ben era stato un uomo misterioso, e – Kurt era certo di questo – un ottimo poliziotto. Ma più cose apprendeva su di lui, più si chiedeva se lo avrebbe apprezzato come amico.

«Ce l'aveva uno schedario? Una cartellina? Un posto dove teneva le scartoffie?»

Davy si morse il labbro prima di annuire. «Sì.»

«Okay, portalo in cucina.» Con o senza le sedie scomode, Kurt sospettava che gli sarebbe servito un tavolo per sparpagliare i documenti. Non era certo un esperto di queste cose, ma non poteva lasciare Davy in quello stato, senza corrente e terrorizzato all'idea di perdere la casa. Non era passato neanche un mese dalla morte di Ben.

Davy scomparve in camera da letto, e Kurt andò dritto filato nel cassetto con le lettere. Non l'aveva più aperto dopo quel primo giorno, ma lì in mezzo poteva esserci qualcosa sull'assicurazione... o qualcos'altro.

Mise da parte le buste che sembravano biglietti di condoglianze. Cazzo, erano ben poche; probabilmente perché nessuno sapeva che Davy e Ben erano una coppia. Alcune buste provenivano dalla banca, e Kurt le mise da parte. Le due più interessanti avevano l'indirizzo di uno studio legale, ed erano per Davy.

Un rivolo di sudore gli scese per la schiena, riportandogli sgradevolmente alla memoria l'attimo prima dell'esplosione. Le maniche lunghe che aveva indosso non gli sarebbero risultate tanto insopportabili, se il condizionatore avesse funzionato. Non portava maniche corte in pubblico da quando... beh... dal giorno della morte di Ben. All'inizio, per proteggere le bende; poi era diventata un'abitudine.

Beh, fanculo. Si sfilò la maglia dalla testa, sperando che a Davy non desse fastidio.

L'uomo scelse proprio quel momento per rientrare in cucina – e rimase pietrificato sulla soglia, con la cartella porta-documenti in mano.

«Oh, ehi. Scusa, stavo morendo di caldo.» E di angoscia, al ricordo dell'esplosione. «Spero non sia un problema.»

Kurt non si faceva problemi a girare per casa, o dai suoi, a torso nudo. E nemmeno ai barbecue degli amici, o alle partita di football. Ma Davy aveva vissuto dieci anni con Mr. Perfezione – alias Ben Kaminski. Quando il viso, già normalmente pallido, gli divenne ancora più biancastro, Kurt fece per prendere la maglia. Fanculo – meglio soffrire in silenzio.

«Non c'è problema.» Davy si mosse, finalmente, e posò la cartella sul tavolo.

Kurt si interruppe con la maglia metà rigirata. «Sicuro? Non voglio metterti a disagio.» Aveva ricordato all'improvviso che Davy era gay. Non avrebbe frainteso, no?

«No, è solo che... Non ti avevo mai visto il braccio. Me l'avevi detto, ma con la storia che porti il bastone, pensavo che il ginocchio fosse messo peggio. Ma mi sa di no, eh?»

Oh, Giusto. Kurt non aveva nemmeno pensato a quanto la cicatrice potesse disgustare Davy – o chiunque altro, in effetti; i soli ad averla vista erano i medici e la sua famiglia.

Si strinse il braccio al petto e cercò di rigirare la maglia con una mano sola.

«Lo copro subito.»

Davy lo fermò. «Non preoccuparti, ero solo sorpreso. Con tutto quello che è accaduto... a volte mi dimentico che anche tu sei rimasto ferito.»

Kurt fece spallucce, incerto se rimettersi o meno la maglia ancora stretta nel pugno.

«E poi, tutti questi tatuaggi. Non me l'aspettavo. Sono molto belli – posso darci un'occhiata?»

«Ah, grazie. Certo.» Alla gente piaceva guardargli i bracciali tatuati. Il motivo celtico, un intreccio complicato spesso cinque centimetri, attirava lo sguardo – o almeno, così gli avevano detto più volte –Davy non era il primo a chiedere di poterli osservare. Di solito erano le donne ad avvicinarlo – ma Davy finora non si era mostrato interessato a molto; Kurt era contento di incoraggiarlo.

Quando quelle dita leggere si posarono sui contorni scuri del bracciale, sul suo bicipite sinistro, a Kurt venne la pelle d'oca. Rimase comunque fermo per l'ispezione. Di colpo, Davy gli strinse forse il polso e gli rigirò il braccio, esponendo la cicatrice frastagliata.

«Ti fa male?»

«La cicatrice?» Era ancora brutta e arrossata, ma stava guarendo bene. «Alle volte. Probabilmente ho esagerato un po' con la finestra.»

Davy trasalì e strinse un pochino la presa. «Mi dispiace tanto. Avrei dovuto…»

«Cosa? Non lo sapevi. Non preoccuparti, ho fatto tutto da solo.»

Davy tracciò una linea lungo la cicatrice, fino a intersecare il tatuaggio. «Ce l'hai tutto attorno al braccio? Deve aver fatto un male cane.»

Kurt fece una mezza risata. «Sempre meno delle schegge.»

Che fosse una punizione per la sua vanità? Non solo la cicatrice aveva spezzato il cerchio perfetto, ma i margini non coincidevano più, e il tatuaggio non era più simmetrico a quello sul braccio destro. «Non so se faccia più o meno male un tatuaggio sulla cicatrice, ma sospetto che sistemarlo sarà un lavoraccio.»

Davy annuì e gli lasciò andare il polso. Aveva le dita ghiacciate, nonostante il caldo della casa, e a Kurt rimase una sensazione fresca sulla pelle. Davy si sedette e gli porse la cartella porta-documenti.

Dopo un'ora di silenzio passata a setacciare i documenti – che chiaramente erano organizzati in modo ossessivo – Kurt si stiracchiò. Davy era rimasto lì seduto, a fissarlo, tutto il tempo. Gli passò le buste chiuse. «Aprile.»

«Perché?» Davy le prese fra due dita, come fossero contaminate. Storse il naso, e a quel punto Kurt ebbe un moto di tenerezza. Il *modus operandi* di Davy consisteva nell'evitare le cose; se non avesse aperto quelle lettere, avrebbe potuto continuare ad aggrapparsi all'idea di Ben. Piuttosto che lasciarlo andare, preferiva restare in eterno in quella sauna buia.

«Perché è ora. Lo sai che sei l'esecutore testamentario di Ben, vero?»

Davy scosse la testa. Sul serio Ben non gliel'aveva detto? Non l'aveva preparato? Ecco perché Davy brancolava nel buio.

«In effetti mi sorprende che gli avvocati non ti abbiano chiamato.» Davy guardò furtivamente il telefono e la segreteria telefonica, e Kurt capì che qualche chiamata doveva averla ricevuta. «Se sistemiamo tutto, dovresti riuscire a pagare le bollette senza problemi.»

«E la mamma di Ben?»

Un bruciore agli occhi avvisò Kurt delle lacrime imminenti. Le ricacciò indietro: Davy piangeva abbastanza per tutti e due. Ben poteva averlo trattato male, ma anche se Davy aveva tendenze da struzzo, Kurt non poteva biasimare il suo ex-partner per essersi scelto un compagno dal cuore tenero.

«Ci sono due polizze sulla vita. Una per te e per la casa, e un'altra stipulata tramite il dipartimento, per sua madre.» Il che rientrava perfettamente nei piani di

Ben – sia mai che qualcuno sul lavoro, anche solo l'amministratore delle polizze, potesse scoprire che Davy era il suo compagno. Almeno aveva avuto le palle per stipulare un'altra polizza per lui. «Dovrai parlare all'avvocato su come distribuire i fondi, e chi sarà il tutore medico della signora Kaminski. Ci dev'essere un modo per ottenere aiuto dalla provincia, o un tutore stabilito dal giudice.»

«No.»

Kurt spalancò gli occhi. Non si aspettava una risposta così decisa.

«No. Ben l'ha lasciato a me. Devo farlo io.» Davy poggiò le mani sui documenti, come se potesse assorbirne il contenuto per osmosi.

«Non devi farlo da solo. Ti aiuterò io.» Un mese fa, Kurt lo avrebbe fatto solo per senso di dovere nei confronti di Ben. Adesso, invece, voleva farlo perché Davy era suo amico.

Gli occhi dell'uomo si riempirono di lacrime mentre sussurrava un «grazie» a Kurt senza nemmeno guardarlo. Poi, con un sospiro improvviso, ricacciò indietro le lacrime.

Kurt tirò fuori il cellulare e glielo porse. «Chiama l'avvocato. Prendi appuntamento. Poi ordiniamo una pizza, e mentre aspettiamo la consegna, ci facciamo riallacciare la luce e il telefono.»

«E come?»

«Gli diamo la mia carta di credito.»

«No.» Davy era ancora più convinto di prima. «Non posso accettare. Sono uno stupido.» Fece un gesto verso il tavolo. «Avrei dovuto occuparmene prima.»

Kurt sospirò. «Non sei uno stupido. Hai passato due settimane d'inferno. E io, in quanto tuo amico, voglio aiutarti a uscirne. Non accetto rifiuti.»

Non era una bugia; a un certo punto Davy era diventato suo amico – non era più solo il compagno del suo defunto collega.

Gli occhi di Davy tornarono a riempirsi di lacrime, ma stavolta c'era anche un sorriso. «Amico?»

Kurt si sentì una morsa alle budella – e una voglia matta di prendere a pugni qualcuno. Davy gli aveva raccontato che Sandra aveva una gravidanza a rischio, e che Ben, pian piano, lo aveva isolato dagli altri amici. Non aveva detto proprio così, ma Kurt l'aveva intuito. Aveva visto abbastanza vittime di abusi domestici da riconoscerle, e anche se Ben non aveva fatto nulla che potesse considerarsi propriamente "abuso", l'isolamento era già abbastanza grave. E tutto perché non voleva far sapere che era gay. Kurt non poteva credere che nessuno degli ex-amici di Davy avesse porto un ramo d'ulivo o pensato di fare un salto a trovarlo. Si sforzò di annuire.

Con un altro sorriso debole, Davy prese il telefono e compose il numero. Mentre aspettava che rispondessero, Kurt fece un mucchio con i documenti necessari; poi si alzò e gironzolò per il salotto per garantire a Davy un po' di privacy.

Non aveva mai confessato di aver sbirciato nell'armadio di Davy, ma si chiese se non sarebbe stato meglio farlo. La casa aveva bisogno di un po' di colore.

«Mi aspetta domattina alle dieci e mezzo.»

«Perfetto. Io ho una visita medica; posso passare a prenderti appena è finita, e poi possiamo andare a pranzo fuori.»

«Fuori?»

Cazzo, cos'era quell'espressione? Davy sembrava una vergine dell'Ottocento a cui avessero appena proposto di partecipare a un'orgia.

«Sì, fuori. Non è una parolaccia. E poi, tanto, i tuoi vicini penseranno già che abbiamo una relazione segreta visto che vengo tutti i giorni a mezzogiorno e non usciamo mai di casa.»

Davy strabuzzò gli occhi, e arrossì in un modo che sembrava quasi doloroso. Poi, però, non riuscì a contenere un risolino acuto. Aveva uno sguardo allegro, e Kurt sorrise. Presto sarebbe riuscito a farlo ridere sul serio. Presto, Davy avrebbe smesso di sentirsi in colpa per il desiderio di andare avanti con la sua vita.

La settimana ventura sarebbero tornati entrambi al lavoro – Kurt quasi guarito, fisicamente, e Davy con tanta strada ancora da fare, per ricucire il cuore e la mente.

AL RISTORANTE, Kurt si guardò intorno, chiedendosi se avrebbe incontrato qualcuno che conosceva. Erano un po' lontani dal suo distretto, ma il Lettie's era uno dei locali migliori della città, quindi chiunque bazzicasse la zona lo frequentava regolarmente. I poliziotti, però, di solito ci andavano a mezzanotte; a mezzogiorno era pieno di impiegati.

«Allora, com'è che un cuoco come te ha voluto venire in questo posto?» Davy aveva proposto di mangiare al Lettie's non appena scoperto dov'era l'ufficio dell'avvocato.

«Si mangia bene – o almeno, si mangiava bene. Non ci vengo da anni, ma una volta ci venivo con gli amici.» Davy diede un'occhiata intorno, nostalgico.

«Si mangia ancora bene. Tanti poliziotti vengono qui a cenare.»

«Ah... sì?» Davy si irrigidì e assunse un'aria furtiva. Kurt comprese. Non osava chiedere, ma si sarebbe giocato la camicia che Davy aveva smesso di venire lì a causa di Ben.

Si alternarono nella conversazione finché non arrivò il cibo. Ovviamente a Kurt non importava che lo vedessero insieme a Davy, e non poteva far altro che dimostrarglielo.

«Ho colto la frecciatina, sai,» disse Davy con un'espressione maliziosa. Kurt fu lieto di vederlo così.

«Che frecciatina?»

«'Un cuoco come me'.»

Kurt scrollò le spalle. Davy aveva preparato il pranzo un paio di volte; era buono, ma niente di che. Il più delle volte si trattava di panini o roba con le uova.

«Ehi, nessun problema. Non c'è niente di male nel vantarsi un po',» scherzò.

«Vantarsi?» Davy si finse offeso. «Okay, allora questo weekend farò la mia specialità. Ti invito a cena.»

«Ah, sì? E qual è, la tua specialità?»

«Sarà una sorpresa.»

Questi modi giocosi si addicevano a Davy molto più della catatonia stile zombie o delle lacrime.

«Okay, allora. Che giorno preferisci?» Kurt non rientrava al lavoro fino a lunedì, ma Davy aveva scelto di riprendere l'indomani, per cominciare con una settimana breve. Che durasse un giorno o cinque, Kurt non si illudeva – la prima settimana al lavoro di Davy sarebbe stata massacrante.

«Sabato? Se non esci con qualcuno.»

«No, nessuno. Sabato va benissimo.» Nelle ultime settimane aveva parlato spesso, e senza problemi, della propria famiglia – ma mai della vita sociale.

Le guance di Davy si tinsero appena di rosso, e Kurt non capì il perché. Era strano parlare di sesso o di fidanzate con un amico gay? Forse sì. Si ripromise, in futuro, di evitare l'argomento.

«Mi prenda un colpo se non è Davy Broussard!» esclamò una voce teatrale.

Kurt si voltò e vide un uomo biondo, in abiti impeccabili. Era più basso sia di Davy che di lui, ma talmente curato e ben vestito da sembrare un modello invece che un impiegato.

«Jon!» Davy era davvero felice. «Come stai?»

«Io sto bene, tesoro, ma devi dirmi chi è questo fustacchione.»

«Oh, giusto. Jon, lui è...» D'un tratto Davy apparve a disagio, come se avesse perso l'abitudine di presentare la gente.

«Sono Kurt, un amico di Davy.»

«Oh, un amico, dici?» Jon non fece il gesto, ma la parola *amico* era fra virgolette.

Kurt lo guardò impassibile, come faceva di solito coi sospetti recalcitranti. Non sortì lo stesso effetto.

«Beh... Davy, tesoro, mi fa piacere vedere che hai finalmente mollato quell'imbecille di Ben.»

Le parole colpirono Kurt come uno schiaffo, e a Davy dovettero fare ancora più male. L'uomo divenne bianco come un fantasma, poi verde, poi si alzò e corse verso il bagno.

«Che c'è?» Confuso, Jon smise di parlare affettatamente.

Forse non era una cattiveria voluta, come inizialmente Kurt aveva sospettato. Fu solo per questo che non spaccò la faccia a Jon – e tuttavia, le mani gli si strinsero ugualmente a pugno.

«Sei scemo, cazzo? Non li leggi i giornali? Non guardi la tele? Ben è morto un mese fa.»

Il biondo sbiancò, a sua volta, e si lasciò cadere nel posto lasciato libero da Davy. Kurt chiese alla cameriera il conto; appena pagato, sarebbero andati via subito.

«Non lo sapevo...» bisbigliò Jon. «Cioè...»

«Come fai a non saperlo? Era su tutti i giornali.»

Jon si portò una mano alla bocca e strabuzzò gli occhi. «Vuoi dire, il poliziotto morto nell'esplosione? Era quel Ben?»

Jon si sporse sul tavolo con uno sguardo sincero, e a Kurt sembrò un bambino che giocava a travestirsi da grande.

«No, davvero... Kurt, hai detto che ti chiami? Sono amico di Davy dal liceo, ma non ho mai incontrato Ben – non sapevo nemmeno il suo cognome. Non ha mai voluto uscire con noi. L'ho visto solo una volta, in foto, ma è stato tanto tempo fa. Negli ultimi cinque anni Davy è praticamente sparito.»

Jon si guardò le mani, poi tornò a fissare Kurt. «Come se la cava? Posso fare qualcosa?»

Ora Kurt sapeva perché gli amici di Davy non erano venuti a consolarlo; Davy non li avrebbe mai chiamati. Se Kurt non si fosse insinuato nella sua vita come un selvaggio maleducato, l'uomo non avrebbe avuto nessuno su cui contare – a parte la sorella con la gravidanza a rischio e il cognato in missione oltreoceano. Fu tentato di spiegare a Jon che l'isolamento era stato reciproco, ma al momento aveva altro di cui preoccuparsi.

«Davy ce l'ha il tuo numero?»

«Dovrebbe, ma... per sicurezza...» Jon gli passò un biglietto da visita. «Digli di chiamarmi.»

Arrivò il conto, e Kurt lasciò qualche banconota. Si infilò in tasca il biglietto da visita e si alzò. «Vado a vedere come sta.»

«Sì. Grazie. Digli che mi dispiace, ti prego.»

«Va bene.» Kurt andò in bagno, dove trovò Davy ancora pallido, che si asciugava la faccia con un fazzoletto di carta.

«Mi dispiace.» Le parole sottili quasi si persero nell'eco del bagno.

«Per cosa? È tutto a posto. Vorrei parlarti dei tuoi amici, ma non ora.» Kurt si chiese se non fosse meglio aspettare a dargli il biglietto da visita, e consigliargli prima di vedere uno psicologo. Ma gli amici erano amici, e forse a Davy sarebbe tornato utile qualcuno con cui parlare. «Tieni, Jon mi ha chiesto di darti questo. E di chiederti scusa.»

Davy girò il biglietto con dolcezza, come se fosse stata fragile. «Oh, ha avuto una promozione. Che bello.»

Parole dure e arrabbiate salirono in gola a Kurt, ma non sarebbe servito a nulla pronunciarle. Perché, anche se non se ne rendeva conto, Davy era una vittima – non solo un vedovo. Inspirò a fondo, e quasi si strozzò con l'aria satura di deodorante chimico.

«Dai, usciamo di qui.»

Le guance di Davy ripresero un pizzico di colore. «C'è un'uscita sul retro?»

«Sì.» Stavolta Kurt comprendeva il bisogno di nascondersi.

PER quante volte Kurt riordinasse i fogli sulla scrivania, la pila non scendeva. Forse avrebbe dovuto smaltirne qualcuno per sortire qualche effetto, ma... Dio, quant'era orrendo essere bloccati dietro a una scrivania. Se fosse dipeso dal suo capo, sarebbe rimasto lì ancora due settimane, fino all'arrivo del nuovo partner. Il che significava miliardi di pratiche da smaltire – e troppo tempo per preoccuparsi per Davy.

Il che era proprio stupido. Nel periodo in cui erano rimasti entrambi a casa dal lavoro, si era abituato a vedere l'uomo tutti i giorni. Era una vita che non usciva così spesso con qualcuno – probabilmente dai tempi del college. Tornare al lavoro era stato di grande aiuto a Davy – più di quanto Kurt si fosse aspettato – ma al tempo stesso lo sfiniva. Nelle ultime due settimane si erano visti per guardare insieme la partita solo due volte, e puntualmente Davy si era addormentato prima del sesto inning. Kurt fece una smorfia, e si augurò che Davy recuperasse le forze prima della stagione di hockey. Non era nemmeno riuscito a preparargli quella famosa cena – non che Kurt potesse lamentarsi per la mancanza di cucina casalinga. Gli bastava andare al locale dei genitori, o fare un salto in cucina dalla madre.

«Ehi, scricciolo.» Ian, il fratello di Kurt, era comparso vicino alla sua scrivania.

«Non puoi chiamarmi così, mezza cartuccia. Hai solo un anno più di me.» Kurt evitò di aggiungere che poteva metterlo al tappeto in pochi secondi – lo sapevano entrambi. Si somigliavano un sacco, anche se suo fratello aveva i capelli scuri e gli occhi azzurro chiaro. Era anche più piccolo di Kurt – più basso, più magro e meno muscoloso. Non che questo gli impedisse di provocarlo.

«Come vuoi, scricciolo. Guarda che lo dico a mamma!» Ian gli fece l'occhiolino, e Kurt alzò gli occhi al cielo. Mike aveva dodici anni più di lui ed era già un adolescente quando Kurt aveva iniziato a gattonargli dietro. Era stato lui a dargli quel nomignolo, e gli altri fratelli lo avevano adottato; ma questo non dava il diritto a Ian di utilizzarlo, cazzo – specialmente non al lavoro. «Che ci fai qui?»

«Avevo un pranzo d'affari qui vicino, ma l'hanno annullato all'ultimo minuto. Visto che ti occupi ancora di scartoffie, ho pensato che ti sarebbe piaciuta una pausa.»

Ian gettò uno sguardo rapido alla scrivania deserta di Ben prima di tornare a fissare Kurt. Erano due settimane – da quando era tornato al lavoro – che anche Kurt ripeteva continuamente quel gesto.

Non era certo che Ian non mentisse sul pranzo di lavoro – poteva trattarsi benissimo di una mossa per tenerlo d'occhio. Ma Ian era sempre stato un buon amico, oltre che un fratello.

«Mi sembra un'ottima idea.»

Kurt si voltò verso la collega nella scrivania più vicina. «Ehi, Christa.»

Christa gli rivolse un sorriso radioso. «Ehi, Kurt. È uno dei tuoi fratelli?»

«Sì, Ian. Usciamo a pranzo. Non credo che qualcuno mi cerchi, ma in caso…»

«Nessun problema. Glielo dico io.»

«Grazie, Christa.»

Kurt fece per prendere le chiavi della macchina, ma c'erano un sacco di posti dove pranzare a pochi passi. Condusse Ian fuori dalla stazione.

«Te ne sei accorto?»

«Di cosa?»

«Quella gnocca, Christa, ti sbava dietro.»

«Senti, innanzi tutto detesta essere chiamata 'gnocca', e potrebbe stenderti con la stessa facilità con cui lo faccio io. E poi, non è vero.»

«Sì che è vero. Ti muore dietro.»

«Non importa.» Dio, che caldo assurdo. Non era un po' presto per l'afa? La città era avvolta in una cappa di smog acida e giallognola. Kurt guardò a destra e poi a sinistra, meditando da che parte andare.

«È carina.»

Il thailandese era perfetto; Ian lo adorava almeno quanto lui. Si incamminò a sinistra.

«Sì, ma se finisse male dovrei vederla tutti i giorni.»

«Potrei chiederle il numero.»

Kurt fece spallucce. «Fa' come vuoi.» Suo fratello scopava con qualsiasi donna purché respirasse, e le sue storie non duravano mai oltre i due giorni; ma Christa sapeva badare a se stessa. Kurt era troppo selettivo, e Ian non lo era abbastanza; fra tutti e due, la madre temeva che non si sarebbero mai accasati.

L'odore di citronella e curry filtrò dalla porta aperta. Kurt era stato tentato di portare suo fratello al Lettie's, ma era scomodo, e non c'era un vero motivo per andare proprio lì. Okay, era in debito di un pasto, ma non è che avessero cibo così buono da sentirne la mancanza. E poi, il thailandese era ottimo.

Mentre pranzavano gli squillò il telefono. Sbatté le palpebre perplesso quando vide che era Davy – anche se aveva memorizzato il numero, raramente si sentivano per telefono. «Devo rispondere.»

Ian gli fece un cenno d'assenso senza smettere di mangiare.

Kurt si fece strada fra i tavoli fino all'uscita. «Ehi, Davy. Come va?»

«Ciao, Kurt.» La voce all'altro capo era esitante e nervosa, ma non come quando aveva chiamato dal supermercato. «Pensavi di passare stasera?»

Quella sera giocavano i Jays, e Kurt aveva preso l'abitudine di guardarli da Davy. Non era sicuro che a Davy piacesse granché il baseball, ma entrambi apprezzavano la reciproca compagnia. Non aveva mai chiamato prima; il più delle volte, semplicemente, lo aspettava – sapeva che Kurt sarebbe passato anche senza che si fossero accordati.

«Sì, pensavo di sì, se non mi chiamano per un caso.» Kurt riuscì a malapena a rimanere serio. Era impossibile che lo chiamassero finché restava inchiodato alla scrivania. Ma doveva fingere – questa finta vita lavorativa lo faceva sentire inutile. Smaltire pratiche era la cosa più inutile e frustrante del mondo.

«Okay, va bene. Era solo per sapere.»

«Avevi altri impegni? Posso anche fermarmi dai miei fratelli.»

«No, no, era per sapere per cena. Ci vediamo stasera.»

Davy riattaccò, e Kurt rimase interdetto a fissare il telefono. Tornò a domandarsi se Davy non avesse bisogno di vedere uno psicologo. All'inizio aveva temuto che volesse farsi del male; poi, quando aveva capito tutto il disastro che aveva combinato Ben… beh, forse all'uomo serviva qualcosa in più di un buon amico. Ogni interazione sociale – che puntualmente si rivelava strana, inetta – confermava quell'impressione. Ma Kurt aveva troppa paura di rovinare la loro fragile amicizia, in caso Davy fraintendesse il suggerimento.

CAPITOLO
CINQUE

L'ODORE acido dell'antisettico gli bruciava le narici, ma ancora non bastava a coprire l'odore di morte e di decomposizione che aleggiava al Sunshine Manors. Non era mai stato in un luogo del genere – nonna O'Donnell era morta in fretta, dopo pochi giorni di ospedale, e le persone così vicine alla morte di solito non commettevano omicidi. Quel posto puzzava come un obitorio.

Kurt rimase indietro e aspettò che Davy si presentasse alla reception. Era rimasto sorpreso, venerdì, quando Davy gli aveva chiesto di accompagnarlo; ma adesso capiva perché l'amico non volesse venirci da solo. Era senza dubbio il luogo più deprimente in cui Kurt avesse mai messo piede... o che avesse mai annusato.

Un inserviente si avvicinò al bancone, e Davy si voltò verso di lui. «Possiamo andare.»

Kurt si avvicinò e lì seguì oltre la reception, nel reparto.

Alcuni dei pazienti – per la maggior parte anziani – allungarono le mani per toccarli; altri annuivano a visitatori invisibili, e altri ancora borbottavano fra sé e sé. Era incredibilmente simile alle visite in prigione – solo che a imprigionare questi poveracci erano corpi infermi e menti disconnesse.

Vennero condotti in una stanza pulita ma spartana, con una sola paziente, stesa su una poltrona reclinabile accanto al letto. La donna non somigliava per niente all'uomo che Kurt aveva conosciuto.

«Buongiorno, signora Kaminski. Sono io, Davy. Sono qui con il collega di Ben, Kurt. Siamo venuti a trovarla.» Si sedettero sulle due sedie per visitatori.

Il viso flaccido della signora Kaminski non diede segno di riconoscerli. Le dita tessevano trame misteriose nella coperta che portava sulle spalle.

Davy continuò a parlare in tono dolce, monotono, e Kurt ne dedusse che fosse così che la trattava Ben. Che peccato che Ben non l'avesse presentato alla madre prima che questa perdesse le facoltà intellettive; forse in quel caso la voce di Davy le avrebbe portato conforto.

D'un tratto si alzò dritta a sedere e afferrò il braccio dell'uomo.

«Ben, Ben, come sono felice di vederti. Ti prego, portami a casa. Non mi piace stare qui.»

Davy guardò Kurt, poi la signora Kaminski. Era nel panico, e addolorato. Senza neanche stare a pensarci, Kurt gli appoggiò una mano sulla spalla. «Dille quello che vuole sentirsi dire.»

«Ah… sì… sono venuto a prenderti. Uhm. Mamma. Adesso…» Davy tornò a guardare Kurt, disperato.

«Va' avanti,» bisbigliò Kurt.

Davy si fece più convinto. «Stiamo aspettando che facciano su i tuoi bagagli.»

«Bene, bene.» La signora Kaminski sorrise e lasciò andare il braccio di Davy; si rilassò sulla sedia e tornò a stringere la coperta.

Davy fece qualche sospiro profondo. Quando finalmente guardò Kurt, aveva gli occhi umidi – ma non stava piangendo. Kurt non poteva immaginare quanto fosse difficile; ma ormai, a due mesi dalla morte di Ben, il tempo stava finalmente cominciando a cicatrizzare le ferite di Davy.

«Per oggi basta così,» disse.

«Come facevi a sapere che dovevo mentire?»

Kurt fece spallucce. «Hanno detto che ormai non è più in sé, e tu mi hai raccontato che Ben non l'aveva mai più vista lucida. Era logico pensare che qualunque barlume sarebbe durato poco.»

Fuori, Kurt si riempì i polmoni; dopo un'ora dentro Sunshine Manors, l'aria umida e satura di smog gli parve rinfrescante.

Davy sembrava esausto, e Kurt poteva capirlo; la visita sarebbe stata già di per sé stressante, anche senza essere scambiato per il figlio morto.

«Quanto spesso veniva Ben?»

«Due volte al mese. Una volta passava più spesso, ma quando la madre ha smesso di riconoscerlo, non era più sicuro che le visite la aiutassero.»

Anche se Ben era stato uno stronzo con Davy, visitare la madre doveva costargli fatica e dolore. Kurt inspirò ancora. Sul lavoro aveva visto situazioni peggiori, ma era comunque deprimente – specie perché non poteva fare granché per aiutare.

«E tu che pensi di fare?»

«Manterrò il ritmo.»

Kurt non era sorpreso. Il buon cuore di Davy non gli avrebbe concesso niente di meno, anche se ci aveva messo tanto per trovare il coraggio di venire la prima volta.

«Dimmelo se vuoi che venga con te.»

Davy si morse il labbro e annuì, ma non rispose. Trascorsero in silenzio il viaggio verso casa e, dopo, Kurt sentì il bisogno di passare al Finn's a trovare la sua chiassosissima famiglia.

LUNEDÌ mattina, un gigante dai capelli scuri seguì Nadar fuori dal suo ufficio e verso la scrivania di Kurt.

«Kurt, questo è Simon Trent, il tuo nuovo partner. Simon, lui è Kurt O'Donnell.» L'ispettore indicò la scrivania di Ben. «Quella è la tua scrivania. Kurt ti mostrerà il resto.»

Kurt si alzò e tese la mano all'uomo. Incredibile a dirsi, doveva sollevare lo sguardo per incrociare il suo. Simon era davvero grosso – non grasso, solo grosso. Probabilmente dieci o quindici centimetri in più del suo metro e ottanta.

«Vi lascio, così fate conoscenza. Kurt, domani torni in servizio.» Nadar si ritirò nel suo ufficio.

Oh, grazie a Dio. Simon non fece domande sull'ultima frase, quindi – pensò Kurt – Nadar doveva averlo messo al corrente.

«Mi dispiace per il tuo partner.»

«Grazie, davvero.» Kurt si trattenne dall'aggiungere altro. Faceva sempre più fatica a conciliare l'immagine del partner che credeva di conoscere – il partner che aveva perso, in tutti i sensi – con quella dell'uomo che stava imparando a conoscere e a odiare. Si sentiva sleale – ed era una sensazione orribile, che detestava; non voleva soffermarvisi.

Cambiò argomento e spiegò a Simon come funzionava la centrale.

«PRONTO a staccare per pranzo?» gli chiese Simon dopo qualche ora. Kurt lo guardò di sottecchi, domandandosi se l'uomo stesse solo cercando di essere cortese con un collega ferito. Subito, però, la sua pancia brontolò sonoramente. Con una stazza del genere, Simon doveva rifornirsi di continuo.

Kurt rise. «In effetti sì. Ci sono un sacco di locali a due passi da qui. Hai voglia di qualcosa in particolare?»

«Greco?»

«Perfetto, è a pochi isolati.»

«ALLORA, com'è che ti sei trasferito dalla Regia Polizia?» Le forze dell'ordine erano sempre le forze dell'ordine, ma la Regia Polizia aveva un suo fascino – anche se ormai non andavano quasi mai in giro a cavallo.

«Mi sono sposato due anni fa. Mia moglie, Jen, voleva tornare a vivere in città, e io avevo voglia di cambiare. Così ho fatto domanda qui e a Vancouver. »

Kurt rimase stupito. «Ti andava bene qualunque città?»

Simon infilzò un'altra patata arrosto. «No, ma non potevo andare a Montreal perché non parlo francese. Prima ero ad Halifax. Se era per muoversi...»

«E ti piace qui?»

«Abbastanza, anche se si corre di più. Ci stiamo ancora ambientando, anche Jen ha cominciato a lavorare solo questa settimana. Non conosciamo quasi nessuno. Ehi, ti andrebbe di venire a cena da noi qualche volta? Se sei sposato, o hai una ragazza, porta anche lei. »

Se avesse avuto bisogno di compagnia, Kurt avrebbe tranquillamente potuto chiedere a un fratello o a Davy di accompagnarlo, ma intanto l'offerta fece svanire una tensione che non si era accorto di avere addosso. In mezza giornata, Simon si era aperto con lui più di quanto avesse fatto Ben in tre anni.

«Non sono sposato e sono single, ma verrei volentieri a cena. Grazie. Fammi solo sapere l'ora e l'indirizzo.»

Simon sorrise, lieto della risposta. Kurt conosceva Simon da poche ore e già sapeva che la dinamica della loro relazione sarebbe stata completamente diversa da quella precedente. Con la scusa che Ben era più vecchio e aveva più esperienza, il loro era stato un rapporto allievo/mentore – ma con Simon avrebbero avuto un rapporto decisamente più paritario.

CAPITOLO
SEI

AGOSTO fu un inferno. Un mese di violenze e omicidi legati all'ondata di afa tenne Simon e Kurt decisamente impegnati – un sacco di straordinari e ben pochi progressi. Kurt seguiva l'indagine sul criminale responsabile della morte di Ben, ma non erano nemmeno vicini ad arrestarlo o incastrarlo. Voleva vedere quel bastardo dietro le sbarre – lo doveva a Ben, e a se stesso. Sfortunatamente, appena scoperto chi ne era responsabile, l'indagine era passata a un'altra squadra. Non che Kurt si fosse illuso – in ogni caso, il suo capo non gli avrebbe mai permesso di continuare a occuparsene.

Chiudere il caso avrebbe giovato a Davy... lo avrebbe aiutato a guarire un altro po'. Kurt aveva avuto occasione di accettare l'invito di Simon solo due volte, e le visite a Davy si erano ridotte a una ogni dieci giorni, o giù di lì. Forse Davy stava già meglio. L'ultima volta che gli aveva parlato, l'uomo gli aveva detto di avere un appuntamento per uscire con alcuni dei suoi vecchi amici, fra cui Jon. Kurt era stato davvero contento.

«Uff... Penso che per stasera basti, eh?» Simon si appoggiò allo schienale della sedia. «Ti va di bere qualcosa? Per rilassarti? Dovrebbe esserci una partita stasera.»

Kurt guardò l'orologio. Ormai era tardi per andare da Davy, e tardi per portare Simon al Finn's. Se ci fossero andati adesso sarebbero rimasti lì tutta la notte – e Kurt aveva bisogno di dormire. Però non era ancora pronto per tornare al suo appartamento vuoto e senza vita. L'indomani, in ogni caso, ci sarebbero state due partite in TV. Se non succedeva niente nel frattempo – e se lo augurava proprio, o avrebbe potuto commettere lui stesso un omicidio – avrebbe potuto passare da Davy.

ARMATO di schifezze prese al supermercato, Kurt era pronto per la serata sport-televisiva. All'ultimo weekend di agosto, il caldo aveva finalmente deciso di mollare e dare un po' di respiro anche ai poliziotti.

I suoi fratelli erano rimasti sorpresi di fronte alla dichiarazione che non avrebbe guardato le partite con loro – cosa che di solito faceva, quando aveva un giorno libero. C'era rimasto male soprattutto Ian – e aveva provato ad auto-invitarsi ovunque Kurt fosse diretto. Kurt era riuscito a dissuaderlo, ma gli dispiaceva di avergli mentito. Gli sembrava sleale raccontare in giro un segreto che Ben aveva cercato di proteggere con tanto zelo – e poi, comunque, Davy non era pronto per la sua famiglia. Ne avevano parlato, un paio di volte, e Davy era rimasto intimorito e affascinato dal numero degli O'Donnell. Kurt lo capiva – aveva vissuto per anni solo con Ben, la signora Kaminski e sua sorella Sandra. Certe volte, quando uno dei parenti gli faceva girare le scatole – come adesso – Kurt pensava che in fondo non sarebbe stato così deprimente essere figlio unico.

L'auto di Davy era nel vialetto: bene. Kurt non sarebbe dovuto tornare nel pub chiassoso. Amava il casino, il rumore – ma ultimamente apprezzava anche la quiete della casa di Davy. Avrebbe dovuto avvisarlo prima, ma il lavoro finiva spesso per intralciare i suoi piani. E poi, a Davy non dispiacevano le sue visite a sorpresa.

Bussò e suonò il campanello, ma non sortì alcun effetto. Con orrore ricordò le prime volte che aveva fatto visita a Davy, quando l'aveva tirato fuori dalla depressione. Posò per terra le borse con gli snack e sbirciò dalla finestra, schermando il sole con le mani. Non vide niente di strano. Forse Davy era sotto la doccia? Istintivamente si toccò la gamba, ma cazzo – oggi non era in servizio, e quindi niente pistola. Comunque, non c'era motivo di sospettare il peggio. Non c'erano segni di effrazione – che diavolo, magari Davy era uscito a fare una passeggiata. Sin dal primo giorno, Kurt aveva sentito un fortissimo bisogno di proteggerlo – un bisogno che andava ben oltre il suo dovere di poliziotto. Aiutare Davy lo faceva sentire completo, realizzato, e ammazzava la frustrazione che derivava dal vedersi trattare come un bambino dalla sua famiglia. No, non aveva nessuna intenzione di smettere.

All'improvviso lo colpì la delusione al pensiero che forse non avrebbe trascorso il pomeriggio con Davy, come sperava, nella sua casa fresca, a chiacchierare mentre guardavano la partita. Si sentì come al liceo, quando i suoi genitori lo mettevano in punizione impedendogli di andare alla festa più spettacolare dell'anno. Chissà perché, poi, quel paragone con Davy e la festa; forse perché non aveva molti amici, al di fuori del lavoro e della famiglia.

Magari Davy era in giardino. Un giorno aveva intravisto una giungla incolta dalla finestra della cucina, ma aveva fatto finta di niente. Davy aveva ben altro per la testa che il giardino; eppure, magari oggi aveva deciso di occuparsene.

La staccionata altissima non lo sorprese affatto, vista la paranoia di Ben; Kurt però non si aspettava di trovare la porta sul retro spalancata. L'appezzamento era ben più grande di quanto avesse stimata. Non c'erano molte case, in centro, con un giardino così grande. Davy gli aveva raccontato di aver comprato la casa un anno prima di mettersi con Ben, ed era stato fra i pochi, nel quartiere, a decidere di mantenere il giardino così ampio, invece di buttar giù le mura e ricostruirle più grandi. Kurt approvava la scelta: la casa di Davy aveva molta più personalità delle abitazioni più nuove e gigantesche.

Sulla veranda c'erano quattro sedie e un tavolo, sporchissimi e in disuso da mesi. Dopo una striscia d'erba, cominciava la giungla; lì, proprio sul confine, giacevano un bidone di plastica verde e una serie di ceste. Kurt si avvicinò, e trovò Davy in ginocchio in mezzo a file e file di pomodori. Alla sua destra giaceva un cestino mezzo pieno. Davy dava le spalle a Kurt, e sembrava tremare.

Aggirò il cestino, e calpestò alcune foglie secche. Davy si irrigidì e si voltò verso di lui.

«Cazzo, Davy! Che è successo?» La camicia dell'uomo era striata di un rosso acceso. A Kurt prese un colpo, e di nuovo cercò la pistola che non aveva. Schivò gli ostacoli e si inginocchiò di fronte a Davy per controllargli la camicia. «Dov'è che sanguini?»

Davy strabuzzò gli occhi prima di tirare su col naso. «Sono pomodori.»

Oh. Pomodori. Kurt divenne rosso – probabilmente come uno dei pomodori stramaturi che stavano nel cesto. Sentì qualcosa di freddo, bagnato e appiccicoso sulle gambe, e chinò lo sguardo sui pomodori su cui si era inginocchiato. Spappolati. *Ugh.*

«Eh sì, i pomodori mettono proprio tristezza, eh?» Di sicuro facevano un po' schifo. Forse anche Kurt poteva mettersi a piangere. Ma era passato un bel po' da quando aveva visto Davy così sconvolto, e gli faceva male al cuore. Si sentiva impotente. Eppure, la gente raccontava che nell'anno successivo a un lutto era normale avere momenti sì e momenti no. Erano trascorsi solo tre mesi dalla morte di Ben – Kurt non poteva aspettarsi miracoli.

«Non ci riesco, non ci riesco proprio.»

«A fare cosa?» Davy lo stava spaventando di nuovo. Se si fosse fatto del male in quei primi giorni, Kurt non se lo sarebbe mai perdonato, e adesso – adesso mica rischiava di ricadere nella disperazione?

«Questo. Ben adorava questo stupido giardino, e io non so che cazzo farmene.» Il veleno nella voce scioccò Kurt, così come le parolacce. Davy non ne diceva quasi mai. «L'ho ignorato. Non volevo saperne. Ben ha piantato questi pomodori la settimana prima... prima...»

Kurt annuì; non c'era bisogno che Davy completasse la frase. «E? Non puoi raccoglierli e basta?»

«È Ben che li raccoglie... raccoglieva. Io faccio il sugo di pomodoro, e gli involtini di cavolo, seguendo la ricetta di sua madre, e congelo quello che avanza. Come faccio quest'anno? Non volevo nemmeno provarci. Ma li ho lasciati qui troppo a lungo. Non la senti, la puzza?»

Kurt diede una sniffata all'aria e riconobbe un odore dolciastro, quasi nauseabondo. Odore di pomodori marci. Si guardò intorno e notò il numero impressionante di piante, molte delle quali curve sotto il peso dei frutti. Merda. Ben doveva proprio amare i pomodori... o gli involtini di cavolo. Cristo.

«Ho provato a raccoglierli, ma non riesco nemmeno a sollevare quel cestino del cazzo. Come cazzo faccio a buttarli via?» Il tono di Davy si fece acuto, quasi stridulo.

«Ehi, sta' tranquillo.»

«Non sai dire altro!» Davy gli lanciò addosso un pomodoro morbido e maturo, che esplose sulla maglia di Kurt. Non era marcio, ma molto, molto vicino... Beh. Kurt inarcò un sopracciglio e allungò il braccio verso un frutto simile. La bocca di Davy divenne una 'O' perfetta, prima che Kurt lo colpisse con il pomodoro. *SPLASH.* Kurt ridacchiò. Davy lo fulminò con lo sguardo e fece per strisciare via – non prima di essersi armato con altri due pomodori. Kurt si alzò in piedi e si lasciò colpire, poi si chinò a ricaricare le munizioni da scaricare verso la sagoma dell'amico, tutto piegato e contorto.

Dopo diversi minuti passati a inseguirsi, e – ehm – lanciarsi il cibo addosso, entrambi collassarono al suolo ansimando. Il viso di Davy, rilassato, era coperto di polpa e semi di pomodoro; i vestiti di Kurt erano altrettanto malmessi.

«Vuoi tenerli tutti? Mia madre potrebbe prendere i più maturi per il suo locale.» Non voleva tornare a far agitare Davy, ma il problema iniziale persisteva. Non era salutare lasciare il raccolto a marcire sulle piante.

«Ti piacciono gli involtini di cavolo?» chiese Davy timidamente.

«Sì, li adoro.» Kurt amava tutto il cibo, inclusi gli involtini di cavolo, ma in quel momento avrebbe risposto «sì» a qualunque cosa.

«Allora potrei tenerne una parte.»

Kurt trascinò il cestino mezzo pieno fino alla porta della cucina. «Okay, mi occupo io del resto. Tu ti fai una doccia, e poi prepari gli involtini.»

«Ci sto.» Davy fece il suo solito mezzo sorriso. Un giorno, prima o poi, Kurt sarebbe riuscito a farlo sorridere sul serio, e sarebbe morto per lo shock.

Kurt passò ore a raccogliere i pomodori. I più maturi andavano nei cesti, quelli troppo in là nella compostiera; riempì la macchina di cesti e trascinò il bidone fino al marciapiede. Mancavano un paio di giorni alla raccolta dell'umido, ma con gli orari che faceva non era certo di poter ripassare di lì per tempo; il bidone pesava un sacco, e non voleva che Davy si facesse male.

Quando entrò in casa, il profumo della carne, del cavolo e dei pomodori riuscì a coprire l'odore dolciastro dei suoi vestiti.

«Sembra squisito. Ti spiace se mi faccio una doccia?»

Davy uscì dalla cucina con entrambe le mani nei guanti da forno, e guardò la borsa che Kurt teneva in mano. «Ti sei portato i vestiti di ricambio?»

Kurt fece spallucce. «Ho imparato presto, grazie a una scena del crimine particolarmente cruenta, a non andare mai in giro senza un paio di pantaloni e una maglietta di ricambio.» Oh, quello sì che era stato uno schifo. Era bastato il breve viaggio fino alla centrale perché la macchina si impestasse di quell'odore di carne marcia. Per mesi aveva temuto di non riuscire più a liberarsene – e aveva guidato coi vetri aperti per tutto l'inverno.

Davy aprì bocca come per chiedergli qualcosa, ma ci ripensò. Il che era un bene; non era una bella scena da descrivere, e Kurt non voleva interferire con le idee che il profumo di cibo suggeriva.

«Doccia?» chiese di nuovo.

«Ah, certo. Nel bagno principale; gli asciugamani sono nell'armadio in corridoio.»

KURT prese gli asciugamani e proseguì verso la camera da letto. Gli era già capitato di lavarsi a casa d'altri, ma quando aveva chiesto permesso a Davy, non aveva pensato al fatto che per raggiungere la doccia avrebbe dovuto passare per la sua stanza.

Si spogliò e lasciò i vestiti sudati e pieni di pomodoro sulle piastrelle bianche, accertandosi che non sfiorassero il tappeto. Che problema avevano col bianco in quella casa? La cucina e il bagno sembravano ospedali, e il resto delle stanze era neutro in un modo quasi aggressivo.

Si infilò sotto l'acqua, e notò che la pressione era fantastica. Kurt non faceva una doccia così da… da quanto tempo non andava in vacanza? Due anni? Tre? Diciamo dall'ultima volta che aveva dormito in un albergo. A casa dei suoi, la pressione era uno schifo, e nel suo appartamento era solo vagamente migliore – sempre che non si lavasse in contemporanea a tutti gli altri inquilini.

Per fortuna Davy aveva un grosso boiler. Kurt si guardò intorno in cerca del sapone, inutilmente; in compenso trovò un bagnoschiuma in gel di una marca sconosciuta – non che fosse un esperto; per Kurt, il sapone era sempre sapone.

Aprì il tappo e inspirò un profumo pulito, dal lieve sentore di agrumi. Si insaponò tutto, sorprendendosi di quanto l'odore fosse buono. Non era affatto femminile come si era aspettato – in effetti, avrebbe dovuto vergognarsi di averlo anche solo pensato. Davy era gay – non era una ragazza. Kurt usò lo stesso gel per i capelli, senza controllare se c'erano altri prodotti specifici. Tanto aveva i capelli cortissimi.

Qualcosa nell'odore dovette fargli uno strano effetto, perché Kurt sentì l'uccello pulsare e risvegliarsi. Forse era solo una reazione incondizionata, dovuta al fatto che si masturbava spesso nella doccia – ma mai nella doccia di altri. Nemmeno con le ragazze che frequentava. Prese il flacone di bagnoschiuma e lesse l'etichetta. Citronella. Beh, va bene che amava il thailandese, ma non gli aveva mai provocato un'erezione… Doveva essere l'abitudine. Finì in fretta di lavarsi; non aveva intenzione di farsi una sega nella doccia di Davy.

Quando uscì, si guardò intorno nel bagno.

Merda.

Si avvolse in vita un asciugamano, morbido come quelli degli hotel, e fece capolino dalla porta.

Merda merda merda. Aveva lasciato i vestiti di ricambio vicino all'armadio. E non aveva alcuna voglia di rimettersi addosso quelli vecchi, sudici.

Sgattaiolò a recuperare la borsa.

«Hai finito?» chiese Davy.

Kurt si girò di colpo, la borsa stretta in mano, proprio mentre Davy usciva dalla cucina.

Davy strabuzzò gli occhi. «Uh, mi sa di no.»

«Avevo lasciato qui i vestiti. Due minuti e ci sono.» Kurt tornò in bagno, camminando con la schiena ritta, rosso fino alle orecchie, senza degnare Davy di uno sguardo.

Si chiuse la porta alle spalle e diede un'occhiata allo specchio. Cazzo. L'asciugamano gli evidenziava il pacco in modo osceno, e aveva tutto il torace bagnato. Si era fatto la doccia in mille spogliatoi, svestito di fronte a centinaia di altri uomini – ma andarsene in giro mezzo nudo a casa di un uomo gay era decisamente sbagliato, specialmente visto che il suo uccello non si era ancora afflosciato del tutto. Beh, non era detto che

Davy lo prendesse come un invito a nozze. Forse non c'era bisogno di sentirsi a disagio; probabilmente, Davy non ci aveva visto nulla di strano.

Si vestì, ficcò gli abiti sporchi in una borsa di plastica e la infilò nel borsone; poi fece un respiro profondo, mise da parte l'imbarazzo e raggiunse Davy per cena.

KURT si appoggiò allo schienale della sedia, la pancia piena di involtini di cavolo. «Davy, è stata una cena superba. Lo so che sei laureato in chimica eccetera eccetera, ma hai mai pensato di diventare chef?»

Davy arrossì. Doveva aver colto nel segno. «Ci avevo pensato. Ma non so se mi piacerebbe cucinare per tante persone che non conosco. E poi, gli orari sono pessimi.»

Vero. Forse persino peggio di quelli di un poliziotto. «Beh, scusa se ti lascio così, ma quei pomodori non miglioreranno ad aspettare in macchina sotto l'afa. Sarà meglio che li porti al fresco.»

Davy lo accompagnò alla porta. «Mi dispiace per la partita. Le partite.»

«Tranquillo. Bisognava pur raccoglierli.» Kurt si stiracchiò i muscoli e li sentì indolenziti. Forse non tutti in un giorno, però. «Ci saranno altre partite.» Era piacevole prendersi cura di qualcun altro, invece di starsene in mezzo a persone che lo trattavano come una statuina di porcellana – solo perché era quasi morto con Ben, in quell'esplosione.

«Ciao, Davy.» Kurt si sporse di un millimetro, quasi volesse baciare l'uomo. Ma che...?! Indietreggiò e scappò il più in fretta possibile. Davy non sembrava sorpreso, né sconvolto, né altro, quindi magari non aveva colto quel micro-movimento. Kurt lo sperava tanto.

Scivolò dietro al volante, accese l'aria condizionata e rimase un momento ad aspettare che l'auto si raffreddasse. Che cazzo era successo? Perché diavolo aveva quasi baciato Davy? Non baciato sul serio – nel senso, con la lingua – ma tipo un bacio sulla guancia. Non gli era mai venuto in mente di baciarlo – né lui né qualsiasi altro uomo – prima d'oggi, ma in quell'istante sulla porta... gli erano venuti in mente i baci che suo padre usava sempre per salutare sua madre. La stanchezza doveva avergli distorto il cervello.

Kurt era davvero stanco. Prese il telefono e premette il tasto di chiamata rapida per il Finn's. «Ehi, mamma,» disse, non appena lei rispose.

«Ehi, tesoro. Come stai? È qualche giorno che non ti vediamo. Passi di qui? Ti serve qualcosa per cena?»

Oddio, il cibo era l'ultima cosa che gli serviva. Probabilmente sarebbe stato a posto per giorni: aveva mangiato decisamente troppi involtini di cavolo – ma erano così buoni. Come aveva fatto Ben a non diventare obeso, con Davy che cucinava sempre per lui?

«No, mamma, sono a posto. Però ho...» Kurt diede un'occhiata allo specchietto retrovisore, e fece due conti. Aveva persino dovuto abbassare i sedili. «Otto ceste di pomodori. Pensi di riuscire a usarli? Sono parecchio maturi.»

Se non le servivano, li avrebbe buttati in qualche discarica. Non poteva riportarli a Davy.

«Dove accidenti li hai presi?»

«Ho aiutato un amico con l'orto. Non sapeva che farsene.»

«Sono buoni, sì?»

Nelle mani giuste, altroché se lo erano. «Sì. Credo di averne mangiata mezza cesta per cena.»

Sua madre rise. «Certo che riesco a usarli. Cambierò il menu speciale della prossima settimana. Portameli qui.»

Kurt mise in moto l'auto, e dopo un ultimo sguardo alla casa di Davy, si avviò per la strada.

CAPITOLO
SETTE

«EHI, ce l'hai fatta a venire.» Simon aprì la porta per far entrare Kurt. Da quando gli aveva detto che Jen aveva invitato a cena varie persone, comprese alcune colleghe single, Kurt era stato tentato di annullare la cena. Simon non se la sarebbe presa, ma gli dispiaceva per Jen. Dopo quasi tre mesi di lavoro insieme, Simon aveva smesso di chiedergli se voleva portare qualcuno alle loro tranquille cene settimanali. Ma Jen continuava a sperare di trovargli una compagna.

Gli giunse alle orecchie il suono di voci femminili, e Kurt iniziò ad agitarsi. Peccato non avere una spalla – avrebbe dovuto chiedere a Ian o a Davy di accompagnarlo. Il che era stupido: non gli era mai servita una spalla – ma dall'incidente con Davy, un paio di settimane prima, Kurt aveva deciso che doveva fare sesso. Doveva andare con una ragazza, anche senza uscirci insieme.

Jen gli fece cenno di avvicinarsi al tavolo dei rinfreschi. Kurt la raggiunse con un sorriso; la donna lo abbracciò, poi si voltò verso una bionda tutta in tiro.

«Kurt, vorrei presentarti una mia amica del lavoro. Tiffany, lui è Kurt.»

Il sorriso di Tiffany era cesellato di piccoli, perfetti denti bianchi, ma a Kurt venne in mente un documentario che aveva visto sui leoni. Un brivido di paura gli percorse la schiena per fermarsi alla base dello stomaco – ma si sforzò di sorridere. Tiffany era carina, aveva un bel fisico, ed era amica di Jen. E lui aveva bisogno di fare sesso. Inspirò a fondo e cercò un argomento di conversazione valido, mentre Jen si allontanava.

«ALLORA, com'è andata con Tiffany? » chiese Simon con un sorriso, mentre prendeva posto nella scrivania di fronte a Kurt, lunedì mattina. Kurt sbirciò in direzione di Christa, lieto che la ragazza non avesse udito nulla. Da quando Ian gliel'aveva fatto notare, si era accorto che Christa prestava molta più attenzione del dovuto a qualsiasi conversazione riguardante la sua vita sociale – o la mancanza di vita sociale. Fece spallucce e cambiò argomento. «Andiamo. Ci aspettano sulla scena del crimine.»

«Oh, certo. Perché non mi hai chiamato? Potevo raggiungerti lì.»

«Sono arrivato pochi minuti fa. Non era così urgente.»

«Okay, andiamo.»

Uscendo dal parcheggio, Simon si schiarì la voce.

«Senti, scusa se mi sono impicciato. Non sono cavoli miei... né di Jen.» Era strano vedere un uomo così grosso e imponente con uno sguardo così timoroso.

«No, non è per quello. Con Ben non parlavamo mai di...» Di niente che non riguardasse il lavoro, in effetti – ma la cosa lo feriva ancora, e Kurt non voleva che Simon lo scoprisse. Di sicuro Ben non gli aveva mai combinato un appuntamento. «Mio fratello dice che Christa... beh, che ci sta provando con me.»

Simon levò gli occhi dalla strada per guardare Kurt. «Oh, cavolo. Perché non mi hai detto che tu e Christa...»

«No, io e Christa niente.» Dio, che vergogna. «È solo che ho notato che sta sempre ad ascoltare quando si parla della mia vita sociale. Le relazioni non sono il mio forte, e quando va tutto a puttane non voglio trovarmi a lavorare fianco a fianco con la ragazza. Non voglio ferire i suoi sentimenti.»

«È carino, da parte tua. Mi dispiace, però, che sia andata male con Tiffany.»

«Se lo sapevi, perché lo hai chiesto?» Dio, che Tiffany avesse raccontato tutto a Jen? Non gli era mai accaduto niente di così umiliante.

Simon rise. «Sono anch'io un detective. Non saresti così pessimista se le cose con lei fossero andate bene. Sinceramente, comunque, Tiffany non mi sta molto simpatica. Mi sembra un po' aggressiva, ma pensavo fosse il tuo tipo, visto che l'hai invitata subito ad uscire.»

No, Tiffany non era il suo tipo, ma Kurt faceva fatica a respingere le donne insistenti. Che fosse perché era abituato alla prepotenza di sua madre e delle sue sorelle? O forse trovava più semplice, più conveniente arrendersi?

«Ma non preoccuparti. Non dobbiamo parlarne, ti capisco.»

All'improvviso ebbe un flash e si rese conto di come dovesse vederlo Simon. L'ultima cosa che voleva era un altro rapporto gelido e distaccato con il proprio partner.

«Simon, sono ancora un po' fuori fase.»

L'uomo aggrottò la fronte, e Kurt capì che le sue parole potevano intendersi in vari modi. Cazzo, probabilmente avrebbe detto la stessa cosa al college, recandosi a lezione dopo una notte di follie.

«Scusa, mi sono espresso male. Non so quanto l'ispettore Nadar ti abbia detto di Ben, ma per me è stato un sollievo non dovertene parlare di persona. Cioè, sono andato dallo psicologo, abbiamo parlato della sua morte, faceva parte del programma di ritorno al lavoro... ma ci sono cose che... non ero pronto a dire a nessuno.»

Simon parcheggiò. Erano già arrivati?

Un paio di occhi scuri lo fissarono, seri e disponibili – inaspettati, visto il carattere gioviale del suo partner. «Il lavoro innanzi tutto, okay? Ma non finisce qui. Stasera andiamo a farci una birra e riprendiamo il discorso. Stai troppo male, e sei mio amico, oltre che mio partner. Non posso lasciarti così.»

Kurt sentì l'acido invadergli lo stomaco. Non voleva affatto parlarne, ma aveva la sensazione che Simon non avrebbe lasciato cadere l'argomento. Il suo nuovo compagno era una testa dura – e gli piaceva un sacco parlare.

RIUSCIRONO a liberarsi per un'ora decente, e Kurt seguì con riluttanza Simon nel loro nuovo locale prediletto, il Beer Bar. Kurt non era mai uscito a bere con Ben, ma con altri colleghi sì – e questo era il posto che Simon preferiva. Una sera di queste doveva portarlo al Finn's; Simon lo avrebbe adorato.

Invece di piazzarsi al bancone, dove avrebbero potuto guardare più comodamente la tele, Simon ordinò due birre e si fece strada fra i tavoli fino a uno dei separé in fondo alla sala.

«Va bene qui? È abbastanza privato?»

Kurt prese posto nel separé. «Va benissimo, Simon. Grazie.»

Giocherellò con le gocce sulla bottiglia, tracciando disegni sulla condensa. Simon sedeva tranquillo, in attesa.

Comincia dall'inizio, avrebbe detto sua madre. Kurt inspirò a fondo, e poi cominciò. «Non sono mai uscito a bere con Ben. Non mi faceva mai domande sulla mia vita privata, o sulla famiglia. Non siamo mai andati a pranzo insieme, se non sul lavoro. Ero convinto che fossimo amici – magari amici in modo strano, ma pur sempre amici. E Ben era un ottimo poliziotto, mi ha insegnato tanto. Ma quando è morto... mi sono reso conto che non lo conoscevo affatto. Non eravamo amici, e forse non avrei nemmeno voluto essergli amico, viste certe cose che ho scoperto di lui.»

Kurt bevve un sorso di birra. Non riusciva a guardare Simon negli occhi. Cosa vi avrebbe scorto? Sentiva di aver detto troppo, di essere stato sleale nei confronti di Ben. Che sensazione orribile.

Simon sospirò, e Kurt sbirciò la sua espressione. Non sembrava arrabbiato.

«Mi dispiace, Kurt. Non puoi trovare sempre un partner con cui andare d'accordo. Noi due, secondo me, siamo ben assortiti. Ben sarà anche stato un ottimo poliziotto, ma ci sono un sacco di bravi poliziotti che non sono brave persone. Non è colpa tua.»

«Ma... ma... mi sento così sleale.» Kurt tornò a chinare lo sguardo.

«Sleale? Ma lo sai quanta gente chiede di essere trasferita? O che gli venga cambiato il partner? Le persone non sempre vanno d'accordo. In cosa saresti sleale? Non ho sentito nessuna chiacchiera su Ben, il che vuol dire che non hai parlato a nessuno dei vostri problemi... e forse avresti fatto meglio a farlo. Hai un senso del dovere troppo sviluppato – è per questo che soffri così.»

Ah, sì? Sentì sciogliersi un po' della tensione che portava nel petto. «Grazie,» borbottò.

«Sentiti libero di parlarmi di qualunque cosa. So già che io ti racconterò più cose di me di quante tu voglia saperne. Ma voglio un rapporto d'amicizia col mio partner. In effetti, credo che io e te siamo già amici.»

Kurt si rilassò ancora di più, e sorseggiò un altro po' di birra.

«Allora, c'è niente che vuoi dirmi su Tiffany?»

Oh, Dio, Tiffany. Non voleva che nessuno sapesse, ma non sapeva con chi altri parlarne. Il rapporto con Ben lo aveva influenzato più di quanto pensasse. Non parlava più con nessuno della sua vita privata. Anche se non lo infastidivano più di tanto le battute sceme dei suoi fratelli, aveva smesso di confidarsi con loro da un bel pezzo – si era messo a comportarsi in famiglia come faceva al lavoro. Cazzo. Se Ben fosse stato vivo, Kurt gli avrebbe spaccato la faccia. Di sicuro non poteva parlare di Tiffany con altri colleghi, e difficilmente Davy avrebbe potuto aiutarlo.

Alzò una spalla, senza incrociare lo sguardo di Simon. «Siamo andati a casa sua. Pensavamo di fare sesso, ma… non ce l'ho fatta.»

«Non ti andava una botta e via? Non c'è niente di strano.»

«No, è che… non mi si è rizzato.» Pronunciò rapidamente le ultime cinque parole, appiccicandole nella speranza di nasconderne il significato. Certo, aveva sentito dire che a volte succede, ma per lui era la prima volta.

«Che? Oh…» fece Simon, decifrando le parole di Kurt. «Ehi, succede.»

Dio, Kurt aveva tutte le sfighe. «A te è mai successo?»

«Beh, una volta. Ero ubriaco fradicio.»

Ovvio. Kurt fece una smorfia di dolore. Non aveva nemmeno quella scusa. Stasera aveva già bevuto più di quella notte con lei. Avevano cenato in fretta e furia – Tiffany era impaziente di portarlo al suo appartamento. Kurt era rimasto totalmente morto dalla cintola in giù.

«Però in effetti, con Tiffany… Quella donna sa essere irritante.»

Kurt sorrise di fronte al tentativo di Simon di sollevargli il morale.

«Ma… proprio niente?» chiese Simon dopo un altro sorso di birra. Kurt scosse il capo.

«Perché ci sei uscito insieme, allora? Cioè, va bene che è carina, ma è anche irritante.»

«Volevo che succedesse… qualcosa. Qualunque cosa.»

Simon si fece pensieroso. «Quand'è stata l'ultima volta che è successo… qualcosa?»

Quand'era stata? Di solito il sesso era più faticoso e meno soddisfacente delle seghe. Però, anche lì, da quant'è che non… non… «Prima che Ben morisse.» Oh, merda. Quasi quattro mesi. Pensò subito che fosse colpa degli antidolorifici. Però aveva smesso di prenderli da settimane. La cosa più vicina a un orgasmo era successa da Davy, in quella cazzo di doccia. Forse avrebbe dovuto approfittarne, visto che stava diventando una rarità.

Simon annuì come se avesse appena svelato il mistero più grande del mondo. «Non sono uno psicologo, ma ciascuno ha i suoi metodi per metabolizzare il dolore. Scommetto che questo disinteresse per… ehm… per il sesso, fa parte del tuo processo di guarigione. Quando sarai pronto, e lo vorrai davvero, andrà tutto a posto. Non avere fretta. Dirò a

Jen di smetterla con questi appuntamenti – temo che abbia un elenco di donne pronte per te.»

Beh, era stata la conversazione più imbarazzante della sua vita, e a giudicare dalle guance di Simon, la cosa era reciproca. Kurt si sentì più leggero. Era quasi morto, aveva scoperto cose davvero assurde su se stesso e sul suo partner, e doveva fare i conti ogni giorni col pensiero dell'omicida di Ben ancora a piede libero. Farsi venire dei complessi per questa storia non lo avrebbe aiutato. Simon aveva ragione. Sarebbe andato tutto a posto, e fino ad allora poteva prendersi una pausa dalla pesca nella vasca degli squali.

«Grazie, Simon. Mi sento un po' meglio.»

«Bene. Vuoi venire a vedere la partita da me giovedì? Prometto che saremo solo io, te e Jen.»

«No. Ti ringrazio, ma ho già un impegno. Però apprezzo l'offerta.» Era una vita che non guardava una partita in pace a casa di Davy. Nonostante la stranezza dell'ultima volta, la compagnia dell'uomo era piacevole e rilassante – gli mancavano quelle serate.

Simon alzò il bicchiere per un brindisi, e Kurt lo imitò. Finirono di bere parlando di cose meno personali.

KURT aveva portato di nuovo schifezze da sgranocchiare, ma Davy aveva un sacco di involtini di cavolo congelati, e propose di mangiarli per cena. Quando ebbero finito di cenare e di lavare i piatti, il primo inning era appena cominciato.

Davy si raggomitolò sul divano, con le ginocchia contro il petto.

«Hai freddo? Se non vuoi accendere i termosifoni, perché non ti prendi una coperta?»

L'uomo si alzò senza fiatare e corse in una delle camere da letto. Tornò con una coperta dai colori stravaganti; a Kurt parve di averla già vista nell'armadio dei tesori.

Improvvisamente la stanza si fece più tiepida – e non c'entrava niente la temperatura. Dovette accorgersene anche Davy, perché gli fece un sorriso malizioso.

«Tifi sempre per i Jays?» chiese a Kurt.

«Ovvio. Perché?» Forse stavolta Davy sarebbe rimasto sveglio fino alla fine.

«Io stavolta tifo per gli Yankees.»

Kurt si portò la mano al petto, come ferito a morte. «Perché? Come puoi fare una cosa del genere?»

Lo sguardo diabolico di Davy era smorzato dalla coperta colorata. Sembrava un bambino dispettoso. Fece spallucce da sotto la coperta. «Boh. Perché sono più bravi.»

«Non è vero.»

Davy alzò gli occhi al cielo. «Sì, invece.» Okay, lo stava facendo apposta. Kurt lo sapeva, ma abboccò comunque all'amo.

«E va bene. Cosa scommettiamo?»

«Chi perde compra la birra per tutto il prossimo mese.»

«Ci sto.»

Kurt non si era mai divertito tanto a guardare una partita con un tifoso della squadra avversaria. Ogni volta che gli Yankees azzeccavano un'azione, si aspettava di vedere Davy fargli la linguaccia. Aveva già scorto tracce in passato di questa giocosità, ma fra quella sera e la battaglia dei pomodori, sembrava che l'esuberanza di Davy fosse centuplicata.

Alla fine del nono inning gli Yankees segnarono tre punti, portandosi a casa la vittoria. Davy scattò in piedi, dimentico della coperta.

«Oh, sì. Te l'ho detto che erano più bravi.» Si mise a fare una danza della vittoria piuttosto comica. Kurt si morse il labbro e lo atterrò, lottando come avrebbe fatto con i suoi fratelli.

Davy strillò, strabuzzò gli occhi e si irrigidì, evidentemente nel panico, finché Kurt non rise e non gli grattò la testa con le nocche. Rimase lì, sdraiato su Davy, ma senza intrappolarlo.

«E va bene, hai vinto la scommessa,» fece Kurt, fingendosi arrabbiato.

«È così che fai a casa con i tuoi fratelli?»

«Lo farei, se avessero la faccia tosta di tifare per gli Yankees. Loro però sono più bravi di te a resistere,» rispose Kurt, con un sorriso. Essere il più piccolo di quattro fratelli voleva dire, probabilmente, più lotte di quante ne subisse un bambino normale. Erano state le sorelle, però, a insegnargli a giocare sporco; evidentemente, Sandra non aveva istruito Davy sull'argomento.

L'uomo rise, una risata dolce e musicale. Due adorabili fossette gli apparvero ai lati della bocca. Com'era possibile che conoscesse Davy da tanto tempo e non le avesse mai viste?

Kurt sentì l'uccello rizzarsi, e fece un'espressione stupita. Con la massima dignità possibile, si alzò e andò in bagno, sforzandosi di non correre. Lì si fissò allo specchio prima di abbassare lo sguardo ai pantaloni. Che diavolo gli era preso? Certo, gli era già capitato che gli venisse un'erezione mentre praticava sport; succedeva, con l'adrenalina. Ma non riusciva a credere che il suo cazzo avesse deciso di risvegliarsi proprio adesso – proprio mentre stava sdraiato su di un uomo.

Beh, forse voleva solo dire che la situazione stava rientrando nella norma; forse qualunque cosa, a quel punto, lo avrebbe fatto eccitare. In tal caso, non c'era bisogno di preoccuparsi. Era un po' come tornare adolescenti.

Tirò l'acqua, si lavò le mani, e tornò in salotto. Davy si era rimesso seduto, aveva cambiato canale su un'altra partita e aveva preso altre birre.

Era tutto come prima. Kurt tirò un sospiro di sollievo e sprofondò sul divano, ma dopo pochi minuti gli squillò il telefono. Maledetto lavoro.

«Davy, devo andare.»

L'uomo annuì e si rannicchiò. Ormai sapeva che Kurt chiudeva sempre bene la porta prima di uscire.

«Fa' attenzione.»

Kurt si chiese, e non per la prima volta, se Davy fosse solito dire quella frase a Ben, ogni volta che lo vedeva uscire di casa.

DIO, quegli straordinari lo stavano ammazzando. Era stanco morto. Lavorare di più era un bene e un male al tempo stesso; un bene, perché nel mese successivo alla scommessa era riuscito a passare da Davy solo tre volte, e tutte e tre l'avevano richiamato all'improvviso – e così, non aveva neanche fatto in tempo a sentirsi a disagio. Ma d'altro canto, gli mancava uscire col suo amico. Anche Simon stava diventando un buon amico – ma chissà perché, non era la stessa cosa.

Squillò il telefono, un numero sconosciuto. Se non fosse stato così annoiato, avrebbe lasciato partire la segreteria.

«O'Donnell,» ringhiò nella cornetta.

«Kurt?»

Non riconobbe la voce. «Sì?»

«Oh, ciao. Non so se ti ricordi di me; sono Jon, l'amico di Davy.»

Gli venne in mente un uomo biondo, di bell'aspetto, e vestiti costosi.

«Jon, sì, mi ricordo.»

«Bene. Sabato volevamo portare fuori Davy per il suo compleanno, ma dice che non se la sente, così abbiamo ripiegato su casa sua. Visto che siete amici… vuoi venire anche tu?»

«Davy compie gli anni sabato?» Perché lui non ne sapeva niente?

«No, veramente li compie martedì.»

«Oh, okay. Sì, certo, se riesco vengo volentieri.» Sempre che non spuntasse un nuovo caso. «A che ora? Devo portare qualcosa?»

«Per le otto dovrebbe andare. Conoscendo Davy, si occuperà lui del cibo, ma se vuoi portare birra o qualcos'altro da bere…»

«Perfetto. Grazie dell'invito, Jon.»

Kurt riattaccò e sperò che arrivasse presto sabato. Sarebbe stato il suo primo giorno di vacanza dopo due settimane – non aveva proprio voglia di grane dell'ultimo minuto. Certo, ora però gli toccava cercare un regalo per Davy. Che accidenti poteva prendergli? Qualcosa di colorato. Sembrava così pieno di vita avvolto in quella coperta – per non parlare dell'arcobaleno nascosto nell'armadio.

«Ehi, Kurt. Andiamo,» disse Simon, facendolo sobbalzare. «A che pensavi?»

«Niente, non vedo l'ora che sia sabato.»

«A chi lo dici. Hai impegni?»

«Adesso sì.»

«Ti vedi con qualcuna?» chiese Simon. Da chiunque altro la domanda sarebbe stata vagamente canzonatoria, ma Simon era solo preoccupato.

Kurt sorrise. «No. Un mio amico festeggia il compleanno.»

VENERDÌ Kurt andò a pranzo con Simon, ma faticò a seguire la conversazione. Ancora non sapeva cosa regalare a Davy. Erano diventati amici in seguito a una perdita, non per interessi comuni: Kurt non aveva idea di cosa potesse piacergli. I regali di compleanno per i colleghi consistevano sempre in alcolici – o soldi dati all'incaricato di turno.

Essendo il più giovane in famiglia, i parenti avevano preso l'abitudine di dirgli che regalo comprare per gli altri – e in effetti, non avevano mai smesso. Perlomeno, Kurt sperava che fosse abitudine e non un segno dei suoi pessimi gusti.

In ogni caso, ormai era abituato a dare i suggerimenti per scontati. Questa sarebbe probabilmente stata la prima volta che sceglieva un regalo senza aiuti – e non sapeva proprio dove andare a parare. Non era mai uscito con una ragazza abbastanza a lungo da doverle comprare qualcosa.

Passarono davanti a un negozio colorato e luccicante, che Kurt non aveva mai notato.

Si fermò di colpo.

La vetrina era piena di lampade strane, sedie pelose o piumate, cornici bizzarre, tazze con le gambe e la faccia. Forse si stava facendo influenzare troppo dai luoghi comuni. Che ci fosse qualcosa per Davy, lì dentro? Fu tentato di chiamare qualcuno – Jon – e chiedergli consiglio. Ma in fondo Jon si era riavvicinato a Davy solo da poco, dopo anni di lontananza.

«Ehi, Kurt,» Simon lo chiamò da qualche metro più in là. «Vieni?»

Kurt gettò un'ultima occhiata alla vetrina e raggiunse il collega.

«Volevi fermarti a comprare qualcosa? Se vuoi ti aspetto.»

«No, tranquillo. È solo che non avevo mai notato quel negozio.»

Simon rimase stupito, ma non disse nulla sulla sua scarsa capacità di osservazione, e continuò a camminare. Kurt lo seguì. Non ne poteva più di pensare al regalo, ma preferiva ingoiarsi la lingua che confessarlo a qualcuno.

CAPITOLO
OTTO

IMMOBILE davanti a casa di Davy, la bocca asciutta e le mani sudate, ad un passo dal lasciar scivolare a terra il cartone di birra belga. Perché cazzo Kurt era così nervoso? Subito dopo il funerale, si era insidiato nella vita di Davy senza pensarci due volte; ma questa festa di compleanno lo rendeva nervoso come una verginella ignuda in una stanza di maschioni ubriachi. Che diavolo! Nemmeno ordinare la spesa per Davy – gesto che andava ben oltre la decenza – lo aveva fatto sentire così a disagio.

Dalla porta gli giunsero musica attutita e uno scoppio di risate. Si mise il cartone sotto braccio, inspirò a fondo e suonò il campanello.

Un secondo dopo gli aprì la porta Jon, accaldato e sorridente. «Ciao, Kurt. Su, vieni dentro.»

KURT districò una bottiglia dal cartone e si guardò intorno. Bancone e tavolo erano pieni di snack e stuzzichini vari; aveva fame, ma non si sentiva di mangiare. Era stato un errore vestirsi così elegante. Pazienza se era autunno – fra tutte le persone nella stanza, e il suo stupido nervosismo, sentiva un caldo boia. Risvoltò le maniche della camicia prima di afferrare regalo e birra e dirigersi verso il salotto.

Davy alzò lo sguardo e gli rivolse un sorriso, con tanto di fossette. Quelle maledette fossette. Davy era stato infelice per tanto tempo, ma le fossette non mentivano.

«Ciao, Kurt.»

«Ciao, Davy. Buon compleanno in anticipo.» Gli porse il regalo, sperando che non lo aprisse subito. Di sicuro non sarebbe stato all'altezza di quelli dei suoi amici.

Davy scattò dal divano, prese il pacco e cominciò a scartarlo. Kurt si sentì avvampare le orecchie. Avrebbe dovuto farsi coraggio e tornare in quel negozio strano, invece di ripiegare su una banale libreria.

«Hai detto che ti piace cucinare, così…»

«Hamburger da gourmet, eh?» Davy diede una sfogliata al libro di ricette. «Sembra forte. Grazie!» lo abbracciò – un contatto troppo rapido perché Kurt potesse agitarsi. Non c'era traccia di delusione negli occhi castani dell'uomo, né nelle sue fossette smaglianti; Kurt si sforzò di ricambiare il sorriso. Almeno quella parte era andata.

«Chi è questo bel fusto? Posso averlo per me?»

Kurt tornò ad arrossire; non aveva previsto che qualcuno potesse provarci con lui. Un biondino gli si avvicinò, ondeggiando i fianchi.

«Chiudi il becco, Rick. Lui è Kurt. E no, non puoi averlo,» rispose Davy.

«Oh, è già tuo?» le parole suggestive si accompagnarono a una strofinatina sul braccio di Kurt.

Kurt sperò che qualcuno aprisse la finestra o spegnesse i termosifoni, perché adesso anche Davy era diventato tutto rosso.

«Rick, è etero!»

Jon si piegò in due dal ridere.

«No, dimmi che non è vero!» Rick continuò ad accarezzargli il braccio. Era una sensazione strana:

Rick era chiaramente un uomo – non c'era dubbio che la carezza provenisse da una mano maschile – e al tempo stesso la sua altezza, il fisico e la camicia viola acceso gli ricordavano alcune ragazze che aveva frequentato.

«Mi spiace, Rick.»

«E i tuoi fratelli? Hai dei fratelli, Kurt?»

«Sì, ma tutti etero.»

Rick lo guardò sdegnato e si strusciò un'ultima volta. Kurt avrebbe dovuto spostarsi. Non sapeva ben spiegarsi perché permettesse a quell'uomo di toccarlo, se non col fatto che era cresciuto in una famiglia molto affettuosa. Non aveva molta percezione degli spazi personali. In ogni caso, provvide Davy a trascinare via Rick.

«Rick, fa' il bravo. Ti ho detto che è etero.»

«A-ha. Scommetto che gli piacciono i pompini. E guarda caso, sono la mia specialità.»

Kurt rise. Rick era il tipo che cercava sempre di stare al centro dell'attenzione – ma i suoi commenti non lo infastidivano.

Davy gli presentò altri due uomini – una coppia, Keith e David. Kurt apprese che Jon, Davy e David erano andati a scuola insieme, ed era così che Davy era diventato "Davy" – per non confondersi con "David". David era un bel nome, ma le fossette si addicevano molto di più a "Davy".

Sarebbe stata una strana dinamica se anche Rick e Jon fossero stati insieme, ma non era così; Keith e David erano l'unica coppia.

Kurt si rilassò nella poltrona di pelle e ascoltò gli altri chiacchierare e ricordare il passato. Non riuscì a capire se i tre fossero diventati amici per interessi comuni o perché gay, e non si sentì di chiederlo. Certe domande impiccione se le teneva per il lavoro.

Davy parlava e gesticolava animatamente; era chiaro come il sole che fosse felice. Kurt sapeva che non aveva ancora del tutto superato il lutto, ma di sicuro non gli mancava molto.

Prepararono dei *margarita*, ma Kurt si limitò alla birra. Non sapeva bene cosa aspettarsi da una festa con tutte persone gay, ma quando capì che non era niente di che – a parte per qualche commento leggermente più sfrontato del solito – si rilassò.

«Facciamo qualche gioco?» chiese Jon.

Gioco?

«Kurt, tu vuoi vedere la partita?» propose Davy. A Davy non interessava l'incontro di hockey? Doveva essere un gioco interessante – a Davy piaceva l'hockey molto di più del baseball. Kurt se n'era accorto subito, appena la stagione era iniziata; anche lui preferiva l'hockey.

«A cosa giocate? Twister senza veli?»

«No!» rise Davy, quasi strozzandosi.

«Oh, sì!» Rick guardò Kurt con interesse – o meglio, guardò il suo pacco con interesse.

Kurt alzò gli occhi al cielo.

«Il gioco della bottiglia?»

Davy ridacchiò e scosse la testa.

«Possiamo?» chiese Rick.

«Strip poker?»

«No!» Davy fece un gesto con la mano per enfatizzare la risposta.

«Vi prego!» Quel Rick era insistente.

E poi, Davy si mise a ridere. E ridere. Cadde sul divano con gli occhi pieni di lacrime. Forse erano i *margarita*, forse la compagnia; a Kurt non importava. A giudicare dagli sguardi degli altri, a nessuno importava.

«Che razza di festa credevi che fosse?» chiese Davy fra i singhiozzi, appena riuscì a calmarsi.

«Beh, non sapevo bene cosa aspettarmi. Ma se non devo spogliarmi, credo di poter fare qualunque gioco abbiate in mente.»

«Oh, dolcezza, non ne dubito,» fece Rick; stranamente, Kurt lo trovava più divertente che irritante.

«Però non mi dispiacerebbe tenere acceso sulla partita. Giusto per controllare il punteggio.»

Davy accese la TV e abbassò l'audio mentre Jon tirava fuori alcune scatole da una borsa.

«Di solito cominciamo con i giochi da tavola e poi passiamo alle carte. Giochiamo a Poker, o a Mucchio.»

Kurt inarcò un sopracciglio. «Volete che faccia un gioco che si chiama 'Mucchio' con voi?»

Davy riprese a ridacchiare, fossette in bella vista. Kurt non si prese la briga di spiegare che conosceva il gioco in questione e anche le tattiche per vincere – quelle poche tattiche utili, visto che era quasi completamente basato sulla fortuna. Il poker gli riusciva meglio. I bluff dei dilettanti non erano niente in confronto a quelli dei sospetti che interrogava di solito.

«Non ho mai visto questi giochi.» Kurt indicò le scatole. La sua famiglia aveva milioni di giochi da tavola – era un modo economico per tenere impegnati sette bambini in contemporanea. Ma si trattava dei soliti giochi, quelli che conoscevano tutti.

Questi erano robe complicate, con miliardi di pezzi – se doveva imparare le regole da solo... ci avrebbe messo ore solo per leggere le istruzioni.

Appena presero a giocare, Davy assunse un'espressione da invasato. Jon e David si rivelarono subito giocatori capaci, aggressivi e determinati a vincere.

«Oh, mio Dio. Eravate dei nerd dei giochi, al liceo. Non è vero?»

Davy sollevò gli occhi dal tavolo, una punta di colore sugli zigomi alti, da modello – zigomi che Kurt non aveva mai associato a quei ragazzini strani, intelligenti ma introversi, che a scuola guardava da lontano.

«Ah... Più o meno. Tu sei sempre stato un atleta?»

«Non proprio. È difficile ricadere in un ruolo preciso quando tutte le parti sono già occupate dai fratelli maggiori. Però mi sorprende che tu non abbia una console per i videogiochi. A me piacciono un sacco.»

Quante battaglie si erano fatti lui e Ian, e quanti litigi sui punteggi.

Inaspettatamente, Davy si richiuse in se stesso. Non fisicamente – non più di tanto: fu più un attenuarsi dell'esuberanza. Kurt avrebbe voluto tirarsi uno schiaffo. Avrebbe dovuto immaginare che quel perfettino di Ben non approvasse i videogiochi.

Tutti gli amici di Davy colsero il cambiamento, ma nessuno ne intuì il motivo. Solo Kurt lo conosceva – vedeva lo spettro di Ben che minacciava ogni interazione sociale di Davy, come un neon acceso sopra la sua testa.

Cazzo, doveva fare qualcosa. Fino a un attimo prima, la serata stava andando benissimo – soprattutto per Davy. Cosa poteva dire, che non peggiorasse la situazione?

«Ehi, che ti è successo al braccio?» chiese Rick, d'un tratto. Fantastico. Doveva accorgersi proprio adesso della maledetta cicatrice? Quel segno, per Davy, era un altro ricordo di Ben.

«Niente,» mormorò Kurt, e si tirò giù la manica.

«È rimasto ferito mentre era in servizio – non che la cosa ti riguardi,» disse Davy, con una nota protettiva nella voce. Gli sorrise debolmente, ma con determinazione. Niente fossette stavolta – ma era pur sempre un sorriso.

Kurt ricambiò, e sperò che Davy cogliesse le sue scuse.

«A chi tocca?»

CON sua grande sorpresa, Kurt vinse la prima partita. Avevano spento la TV a metà del primo tempo, quando ormai era ovvio che il finale sarebbe stato deprimente. Con la musica di sottofondo, era riuscito a concentrarsi sul gioco – ma restava comunque un novellino.

Gli veniva naturale prevedere le mosse dell'avversario e le possibili contromosse – e questo, senz'altro, gli era tornato utile. David e Keith non erano troppo felici della rapidità con cui aveva imparato le regole – ma fra Davy e Rick, Kurt ricevette parecchi elogi. Riusciva persino a sopportare l'affettuosità – diciamo così – di Rick.

Jon imbastì la tavola per un'altra partita, e Kurt si rilassò contro lo schienale. Rick finì di versare i *margarita*; poi si piazzò di fronte a Kurt, con una mano sui fianchi e il pacco in bella vista, ma si rivolse a Davy. «Davy, esci con noi a Halloween? Pensavamo di andare in quel nuovo locale fuori città, l'Empire.»

Davy si mosse appena sul divano, e fece spallucce. «Ne dubito. Uscire la sera di Halloween è un po' troppo per me.»

«Ma dai, è la parte più divertente! Tutti quei giovani maschioni sudati e mezzi nudi, tutti quei costumini attillati... E tutta quella gente, così tanta che è impossibile non toccarsi, e ovunque ti giri c'è della pelle scoperta...» Rick mosse i fianchi e si passò una mano sul petto, in modo sensuale.

Jon si umettò le labbra. «Sì, in effetti ne vale la pena.»

Keith e David non stavano ascoltando: il secondo si era seduto sulle ginocchia del primo e aveva preso a baciarlo, come se non ci fosse stato nessuno nella stanza.

Davy sbuffò. «Ragazzi, non me la sento di uscire nemmeno quando non è Halloween. E poi mancano solo due settimane... Magari l'anno prossimo. Anche se... l'anno prossimo avrò trentatré anni. Potrei essere troppo vecchio per farcela.»

«Aspetta, vuoi dire che martedì compi trentadue anni?» Kurt si tirò su per guardare negli occhi Davy, che arrossì.

«Sembro molto più vecchio, vero?»

Rick diede uno schiaffo a Kurt sul braccio prima di tornare a sdraiarsi di fianco a lui, sul divano. «Dolcezza, così gli farai venire un complesso, e non uscirà mai più con noi.»

Non voleva dirlo ad alta voce per non offuscare la lucentezza di Davy, ma... l'unico motivo per cui l'aveva creduto più vecchio era che Ben era morto a quarantacinque anni. Cazzo – si erano messi insieme che Davy era praticamente un bambino.

«No, Davy, sembri...» Kurt non aveva idea di come concludere la frase. Le sue sorelle lo avrebbero crocifisso solo per aver tirato in ballo l'argomento. Davy sembrava più giovane della sua età – specialmente quando dormiva a sufficienza.

«Oh, diamo un po' di tregua a questo povero eterosessuale,» disse Rick. «Lo stiamo facendo sudare.»

Davy sorrise, e Kurt capì che lo stava solo prendendo in giro. Meno male.

«Piuttosto, dolcezza, tu quanti anni hai?» Rick gli tracciò il bicipite con un dito. Per fortuna che i tatuaggi erano coperti – Kurt sospettava che altrimenti Rick si sarebbe messo a leccarlo.

«Trentuno.»

«O-ho,» fece Jon. «Davy, non sei più il piccolo della compagnia.»

Ah, cazzo. Kurt non ne poteva più di essere il più giovane.

«Oh, sei praticamente un *twink*,» mugolò Rick, con voce seduttiva. Kurt non aveva la minima intenzione di chiedergli cosa volesse dire. Poteva cercarlo su internet.

Persino David e Keith smisero di slinguazzarsi per ridere a quella frase.

«Anche se fosse gay, sarebbe comunque il meno *twink* di tutti noi,» rispose Davy.

Rick mise il broncio, ma Kurt sapeva che era per darsi un tono, e non perché fosse veramente offeso. «Allora, bel maschione, vuoi uscire con noi ad Halloween? Potresti vestirti da pompiere, o da angelo... ti procuro io il costume.»

«Rick!» La voce di David aveva una punta di severità. «È un poliziotto.»

«Beh, avrei detto che preferiva qualcosa di diverso, per non vestirsi sempre allo stesso modo, ma se preferisce il costume da poliziotto...»

Kurt non riuscì a trattenere una risata. «Sono molto tentato, ma se riesco ad avere la serata libera finirò da mia sorella a distribuire dolcetti ai bambini.»

Rick sospirò. «Che scenetta idilliaca. E che spreco.»

«Davy, tu li distribuisci i dolcetti?» chiese Kurt, immaginando che fosse una cosa che potesse piacergli.

Lo sguardo di Davy si fece leggermente più scuro. «Finora mai, ma quest'anno andrò a farlo da Sandra.»

Ah, quel maledetto cazzone di Ben.

«Pronti a giocare?» chiese Jon, tirando una gomitata a David, che si era rimesso a baciare Keith.

PER la gioia di tutti, Davy vinse la seconda partita, dopodiché decisero di passare alle carte.

«Ma prima, la torta,» disse Jon.

La torta. Kurt non ci aveva nemmeno pensato; di solito era appannaggio di sua madre, o delle sue sorelle. Jon e Rick andarono in cucina, e David tornò sulle ginocchia di Keith; ma i baci scivolarono ben presto al limite dell'osceno.

«Non l'hai fatta tu, vero?» bisbigliò Kurt, staccando gli occhi dalle effusioni spinte.

«La torta? No, l'ha portata Rick. Uno dei suoi amichetti fa il pasticcere.»

«Oh, bene.»

Davy fece un gesto in direzione di David e Keith. «Ignorali, se ne andranno dopo la torta. Giuro che non si spoglieranno – almeno, non credo. Gli piace avere un pubblico.»

Kurt fece spallucce. Non erano i primi uomini che vedeva baciarsi così, ma erano i primi che vedeva fuori dal lavoro. Sapeva che avrebbe dovuto sentirsi più a disagio – ma se a Davy non dava fastidio, se non gli importava… allora non importava neanche a lui.

Il sorriso di Davy quando Jon e Rick rientrarono era più luminoso delle candeline sulla torta. Chiuse gli occhi e soffiò. Kurt lo interruppe prima che potesse tagliare la torta. Era tradizione, per lui, scattare una foto con la torta ancora intera; era strano, in effetti, che non gli fosse venuto in mente prima, dopo tutti i compleanni a cui aveva partecipato.

«Facciamo una foto?»

«Buona idea, amore,» Rick fece le fusa. «Ce l'hai una macchina fotografica?»

Come riusciva Rick a far sembrare seducente qualunque frase? Ma Kurt non aveva la macchina fotografica; non gli era proprio venuto in mente di portarla.

«No... Aspetta però, ho il cellulare.» Kurt si alzò e fece cenno agli altri di stringersi intorno a Davy. Scattò la foto.

«Aspetta, ce ne vuole una con te,» disse Davy. «Non ha lo scatto automatico?»

«Non credo.» E non era abbastanza sobrio da mettersi a cercarlo adesso.

Si alzò Keith. «La faccio io.»

«Sicuro?» chiese Kurt, incerto. Davy annuì.

Rick gli lanciò uno sguardo suggestivo e si spostò per fargli spazio. Partì il flash. Keith gli restituì il cellulare, e Kurt se lo infilò in tasca.

PER mezzanotte avevano finito la torta, ed erano passati al poker. Alle due, Kurt e Jon erano gli unici rimasti in gara. Keith e David se n'erano andati dopo la torta, come previsto; Rick era crollato sul divano, e Davy stava riordinando la roba in cucina.

Quante cazzo di birre aveva bevuto? Abbastanza da ringraziare il cielo per non essere venuto in macchina.

Kurt si concentrò sulle carte; finalmente qualcosa di utile. Decise di rischiare. Jon gli rivolse un'occhiata appannata; Kurt poteva anche essere mezzo ubriaco, ma di sicuro Jon non era abbastanza lucido da intuire le sue intenzioni. Il mestiere di Kurt lo rendeva un po' troppo bravo in questo gioco. Probabilmente non l'avrebbero mai più invitato a giocare, ma anche se Jon avesse vinto – ed era improbabile – sarebbe valsa la pena perdere quei venti dollari. Kurt stava morendo di sonno.

«Vedo.»

Kurt mostrò le carte.

«Merda. La prossima volta giochiamo a Mucchio,» biascicò Jon.

Kurt fece spallucce e prese i suoi soldi. Jon chiamò un taxi e poi si mise a riordinare i giochi.

DOPO qualche minuto dalla finestra penetrò la luce dei fanali del taxi.

«Andiamo, Rick, è arrivato il taxi.» Jon sollevò Rick, e i due uomini si diressero verso l'uscita. «Vuoi venire con noi?» gli chiese Jon.

«Nah, mi fermo ancora un po'. Aiuto Davy a pulire.»

I due uomini uscirono, accompagnati da una folata di vento gelido. L'inverno era alle porte.

In casa era quasi tutto in ordine; Kurt raccolse le bottiglie di birra e i bicchieri di *margarita*, e lasciò tutto in cucina. Presto avrebbe avuto abbastanza bottiglie vuote da rivenderle e guadagnarci qualcosa. Il cibo era già stato riposto, e il resto, eccetto i bicchieri, era stato lavato.

Kurt si sentì in colpa. Torta a parte, Davy aveva cucinato e preparato per tutti, ed era il suo compleanno. Non era giusto. Tra l'alcool e la stanchezza, però, quella sera non poteva farci niente. Era ora di andare a casa; telefonò e si fece mandare un taxi.

«Davy?» Dov'era finito?

Kurt aprì un po' di porte. «Davy?»

Davy si era svestito ed era svenuto sul letto. Aveva i capelli spettinati, la faccia piantata nel cuscino, e un mezzo sorriso sulle labbra. La linea dritta della schiena si incurvava sui fianchi e sui glutei, e la pelle brillava alla luce della luna; fra le gambe si intravedeva un gonfiore scuro. Quando Kurt si rese conto, fra i fumi dell'alcool, di dove stava guardando, spostò lo sguardo più a nord.

Kurt non sapeva quanta tequila avesse bevuto Davy – non aveva tenuto il conto nemmeno per se stesso – ma sospettava che fosse abbastanza da sentirne gli effetti l'indomani mattina. Superò il letto e andò in bagno a riempirgli un bicchiere d'acqua.

Aprì l'armadietto dei medicinali e lo sguardo gli cadde su una bottiglia di lubrificante. Richiuse di colpo lo sportello.

Lubrificante… Già. Anche Kurt ce l'aveva, ma vederlo nel bagno di un uomo gay gli aveva fatto venire in mente il suo uso alternativo, e… beh, l'aveva sorpreso.

Riaprì l'armadietto, e si sforzò di concentrarsi sui medicinali per il mal di testa. Prese le pastiglie e le lasciò, insieme all'acqua, sul comodino di Davy. L'uomo, nel frattempo, si era girato sulla schiena – la pelle, liscia, bluastra sotto i raggi della luna. Teneva un braccio piegato sopra la testa e l'altro sul petto, le dita vicine al capezzolo come se volessero accarezzarlo. Per quanto si sforzasse, lo sguardo di Kurt continuava a scivolare a sud.

Un clacson lo fece sobbalzare, e Kurt corse via dalla casa, accertandosi di aver chiuso la porta alle sue spalle. Non voleva che il taxi svegliasse i vicini, ma neppure poteva rendere la vita facile a un ladro che avesse intenzione di entrare – specialmente con Davy ubriaco e privo di sensi.

IL VIAGGIO in taxi fino all'appartamento durò abbastanza da fargli passare il sonno. Dopo le ultime settimane al lavoro aveva bisogno di dormire – per cui si spogliò e si sdraiò sul letto. Mentre la stanza gli ruotava intorno, si prese l'uccello mezzo eretto fra le mani.

Si sporse sul comodino e tirò fuori dal cassetto il proprio tubetto di lubrificante. Non era la stessa marca di quello di Davy – e perché avrebbe dovuto esserlo? Un bell'orgasmo lo avrebbe aiutato a dormire.

Si unse le mani e cominciò a toccarsi sul serio. La luce della luna trasformò il soffitto in una superficie liscia come marmo, lunghe ossa coperte da muscoli sodi. Rivide la mano immobile di Davy, la vide prendere vita e tormentare il piccolo capezzolo, la bocca dell'uomo curva in un'espressione lasciva. Rivide il giorno in cui aveva atterrato Davy, ma stavolta l'uomo era nudo – entrambi erano nudi – e ansimava sotto di lui, mentre Kurt lo teneva inchiodato al pavimento.

La mano trovò un ritmo, il suono della pelle unta contro il palmo si fece intenso.

Per un attimo – solo un attimo – vide Davy piegare le gambe mentre Kurt si accingeva a penetrarlo, vide le labbra di Davy muoversi e sussurrare: «*Scopami.*»

Kurt grugnì, e si riempì la mano e la pancia di sperma tiepido e viscoso.

Con le dita ancora strette intorno al cazzo flaccido, scivolò nell'oblio.

CAPITOLO
NOVE

MERDA, quanto aveva bevuto la scorsa notte? Kurt sbatté lo stinco contro il bordo della vasca e lanciò un ululato. Barcollante, schiaffò la mano sul muro per tenersi in equilibrio. Con l'altra si premette le tempie – l'eco del mattino gli rimbombava nel cervello disidratato.

Si grattò pigramente la pancia e vennero via pezzi di sperma secco. Gli apparve davanti agli occhi un'immagine di se stesso che si masturbava pensando a Davy. Imprecò. Troppa birra – doveva trattarsi di quello. Non sarebbe mai più capitato.

Aprì l'acqua e si mise sotto il gettito senza aspettare che si scaldasse, per lavar via le prove.

Nessuno sapeva; nessuno doveva sapere. La gente faceva un sacco di stronzate quando beveva troppo. Anche se era una cosa stupida, poteva fingere che non fosse mai successo. Tanto non se lo ricordava neanche bene.

«CIAO, Kurt, come stai?» gli sorrise Christa.

Oh – che voce stridula. La sera prima era passato al locale dei suoi; aveva ancora i postumi della sbornia del compleanno di Davy, e aveva finito col bere ancora di più, per non cadere a pezzi. Si era persino rifiutato di raccontare ai suoi fratelli della serata – aveva riferito di aver passato il sabato sera a lavorare. Era da tanto che non veniva a lavoro in quelle condizioni, ma sarebbe stata l'ultima volta.

«Tutto ok, Christa.» Badò bene di non sorridere. Dopo la visita di Ian, non voleva metterle in testa strane idee. «Simon c'è già?»

«Sì, credo che sia nel salottino.»

Salottino uguale caffè: ottimo.

Kurt strinse il bicchiere di carta con le mani. Era in astinenza da caffeina. Ne bevve un sorso e sperò che facesse subito effetto.

Sentì vibrare il cellulare, e lo aprì per vedere chi fosse. Un messaggio da sua sorella Erin; lo lesse, ma non era niente di importante. Si sforzò di trattenere le dita, impazienti di scorrere sui tasti fino a mostrargli le foto del compleanno. Era da ieri che provava a trattenerle – e falliva. Aveva solo due foto di sabato sera, ma quella scattata da Keith era fantastica. Gli ricordava tutte quelle fotografie felici nascoste nell'armadio dei tesori di Davy.

In quella, Davy aveva le fossette belle profonde, gli occhi che brillavano, e... merda. Riaffiorò un altro ricordo – quello di Davy intento a pulire e cucinare. Kurt si sentì di nuovo in colpa. A prescindere dall'aberrazione che l'aveva portato a... immaginare quello che aveva immaginato sabato sera – non era giusto che Davy trascorresse il suo compleanno, martedì, da solo. Era il suo primo compleanno dalla morte di Ben. E di sicuro non era nemmeno giusto che lo passasse a cucinare.

«È successo qualcosa?» chiese Simon, indicando il telefono di Kurt.

«Cazzo, non sbucare fuori all'improvviso.» Kurt spostò lo sguardo sul cellulare e premette con forza i tasti per nascondere la fotografia. «E no, è solo un messaggio di mia sorella.»

«Stai bene?»

«Sì, certo. Scusa, è solo stanchezza.»

Cazzo.

TROVARSI martedì sera di fronte a casa di Davy fu ancora più angosciante dell'ultima volta. E se Davy gli avesse letto in viso quello che aveva fatto?

Merda. Che scemenza, Davy non poteva saperlo. E poi, non aveva fatto proprio niente.

Alzò la mano per suonare il campanello, ma la porta si aprì e rivelò Sandra, decisamente incinta e con un pessimo colorito.

«Ciao, Sandra.» Oh, Dio, che idiota. Davy non era affatto solo.

«Ciao, Kurt. Che ci fai qui?»

Kurt strinse i pugni e sentì la carta sfrigolare. Giusto, il regalo. «Sono venuto a portare un regalo a Davy, e pensavo di portarlo a cena. Avevo dimenticato che saresti passata tu.»

Kurt sudò freddo. Perché aveva confessato l'ultimo dettaglio?

Sandra inclinò la testa di lato. «Davvero? Perché in effetti non mi sento molto bene. Dovrei essere a letto, ma non potevo lasciare il mio fratellino da solo proprio oggi.»

Si girò verso l'interno della casa. «Davy? Ti andrebbe di uscire con Kurt?»

«Kurt? Che c'entra Kurt?»

Sì, avrebbe decisamente dovuto chiamare. Anche se sarebbe stata la prima volta.

«Perché è qui, tesoro.»

Dio, che voglia di girare sui tacchi e scappare.

«È qui?» Davy sbirciò da oltre le spalle della sorella e rivolse a Kurt un ampio sorriso, con tanto di fossette. Kurt si sentì più tranquillo. Le sue seghe mentali non valevano niente rispetto a un sorriso di Davy.

«Ehilà. Sandra, lo so che non ti senti bene. Esco volentieri con Kurt.»

«Grazie, ragazzi. Lo apprezzo molto.»

«Possiamo accompagnarla a casa? Non è venuta in macchina.»

«Certo. Ah, tieni.» Infilò il pacchetto colorato nelle mani di Davy. «Buon compleanno.»

Davy lo guardò perplesso. In effetti, era probabile che non si aspettasse un altro regalo da parte sua. Ma ieri, dopo pranzo, Kurt era ripassato davanti a quella vetrina colorata, e aveva notato una cornice azzurra ondulata. L'aveva comprata e aveva fatto stampare la foto del compleanno di Davy in cartoleria. Gli sembrava il regalo perfetto per lui, ed era più personale del libro di ricette – ma chi fa due regali a un amico? Kurt non aveva previsto che sarebbe stato tanto imbarazzante.

«Posso aprirlo dopo?»

Kurt fece spallucce. «Quando vuoi.»

Davy sorrise debolmente e rientrò in casa. Kurt accompagnò Sandra alla macchina e l'aiutò a salire, mentre il fratello chiudeva a chiave la porta.

UN'ORA dopo parcheggiarono l'auto a un isolato dal Lettie's. Piuttosto vicino, in effetti, anche se non è che il martedì sera ci fosse tutto questo affollamento.

«Sicuro che vuoi tornare qui?» L'ultima volta era stata… forse non proprio *disastrosa*, ma di sicuro nemmeno piacevole. Anche se era servita a riavvicinare Davy ad alcuni dei suoi amici.

«Sì, sicuro.»

«Okay, signor festeggiato. Faccia strada.»

Kurt decise di non ordinare birra – si era appena ripreso dalla sbornia del giorno prima – ma cercò di incoraggiare Davy. «Dai, offro io. E poi guido io. Ordina pure quello che vuoi.»

«Non devi pagare tu.»

«Sì, invece. Hai sgobbato tutto sabato sera, ed era la tua festa.» Kurt lo guardò malamente, e Davy rise.

«Okay, okay. Ma niente birra. È da un po' che non mi ubriaco, e domani lavoro. A proposito, cosa mi hai comprato?»

«Vedrai quando torni a casa. Ma non è niente di che.» Non gli andava di parlarne. Sembrava un oggetto così sentimentale... anche se era perfetto per Davy, forse era un regalo strano da un uomo per un altro uomo.

«Com'è andata al lavoro?»

Si misero a parlare delle solite cose, finché Kurt non sentì una mano posarsi sulla spalla.

«Kurt, come va?»

Si girò e vide Simon – vestito tutto elegante – in piedi dietro di lui. Dio, quell'uomo era una pertica. Lanciò un'occhiata a Davy, che sembrava essersi ritirato sullo sgabello, tutto zitto e in disparte.

«Che ci fai qui, Simon?»

«Io e Jen andiamo a teatro. Dicevi che qui si mangia bene, così siamo venuti a provare.»

Kurt si guardò intorno e si accorse che Simon e Jen non erano gli unici ad approfittare della buona cucina del Lettie's prima dello spettacolo. I clienti erano tutti vestiti un po' meglio del solito – anche se Kurt non ci era mai venuto a quell'ora della sera.

«Simon, Jen, questo è il mio amico Davy. Davy, questi sono Simon, il mio partner, e sua moglie Jen.»

Simon probabilmente non si accorse del sussulto di Davy alla parola "partner". Per un attimo Kurt si chiese se Davy gli avrebbe stretto la mano – sì, lo fece.

«Ciao, Davy. Piacere di conoscerti.» Jen si sedette sullo sgabello accanto a Kurt, e Simon su quello vicino a Davy. Aveva senso in termini di spazio, visto che Jen e Davy erano molto più minuti di Kurt e Simon; ma per qualche motivo, la vicinanza di Simon rese Davy nervoso.

«È un problema se ci uniamo a voi?» Simon alzò gli occhi al cielo, visto che la decisione spettava a Jen.

«Oh, zitto,» rispose Jen. «Non vedo Kurt da una vita. E poi, abbiamo poco tempo. Avete già ordinato gli antipasti?»

Davy scosse la testa, riprendendosi di fronte all'infinita effervescenza di Jen.

«Perfetto.» Jen guardò Simon, che immediatamente alzò il pugno per chiamare la cameriera.

Kurt sapeva che Simon non era uno zerbino – o qualunque altro termine dispregiativo la gente usasse per gli uomini attenti verso le loro mogli. Al contrario, invidiava la loro intesa. Kurt aveva trentun anni. Quando avrebbe trovato qualcuno con cui instaurare un rapporto simile?

Ordinarono *nachos* per tutti mentre Jen e Davy parlavano dei rispettivi lavori, poi degli spettacoli teatrali che avevano visto e di cosa ne pensassero. Kurt ne conosceva ben pochi – o perché aveva letto i testi alle superiori o perché ne ricordava la campagna pubblicitaria. In effetti, probabilmente non gli avrebbe fatto male andare a teatro più spesso. Le sue sorelle dicevano che il teatro a Toronto era... solido e apprezzato a livello mondiale? Qualcosa del genere. Avrebbe dovuto approfittarne. Era pure più semplice ed economico che ottenere i biglietti per le partite dei Leafs.

All'arrivo dei *nachos* ci fu un momento di silenzio: erano tutti abbastanza affamati da lanciarsi sul piatto. Davy ormai aveva preso confidenza con l'improbabile compagnia. Lanciò un sorriso a Kurt mentre si succhiava via la salsa dal pollice, e questi si morse un labbro. La prima immagine che gli saltò in mente fu quella di Davy intento a succhiare ben altro. Si ritrasse sotto il tavolo.

Che cazzo gli prendeva? Perché proprio Davy? Aveva bisogno di fare sesso – e non con Davy, cazzo.

Tornò a guardarlo solo dopo che Simon e Jen se ne furono andati. Aveva ordinato hamburger come primo – quello, perlomeno, non avrebbe dovuto fargli venire in mente niente di sessuale. Basta, con questi scherzi del cervello.

«Sembrano brave persone,» commentò Davy mentre la cameriera gli appoggiava davanti i piatti. Poi passò a Kurt il barattolo della mostarda.

«Non so come faccia a non piacerti la mostarda.» Kurt coprì il panino con la crema gialla.

Davy rabbrividì. «E io non so come tu faccia a mangiarla. Ha un colore innaturale, e un gusto orrendo.»

«Oh, perché, il ketchup è meglio? È uno schifo dolciastro e appiccicoso.»

«È infinitamente meglio della mostarda.»

Davy assunse un'espressione sdegnata e Kurt rise, sollevato che il momento erotico fosse passato. Era passato – davvero. Il suo uccello era rientrato nei ranghi.

«E così, ti piace il teatro?» Kurt riprese l'argomento lasciato a metà con Simon e Jen. Il prossimo anno avrebbe potuto regalargli biglietti per un qualche spettacolo – doveva ricordarsi di segnarlo sul calendario.

«Lo adoro. Sono secoli che non ci vado.»

Una rabbia irrazionale – o forse non tanto irrazionale – assalì Kurt. Era un'emozione che sapeva gestire, anche se non ne era avvezzo. Odiava pensare a Davy come a una specie di prigioniero. Da quanto aveva capito, non era sempre stato così; ma negli ultimi anni della sua relazione con Ben – da quando l'uomo aveva compiuto quarant'anni – le cose erano decisamente peggiorate. Kurt continuava a pensare che a Davy non avrebbe fatto male andare da uno psicologo, ma di certo non poteva tirare in ballo l'argomento proprio il giorno del suo compleanno. Magari la prossima volta che andava a trovarlo. Non voleva che Davy smettesse di sorridere a causa sua – anche se, già normalmente, qualsiasi argomento di conversazione poteva diventare un campo minato. Come la domanda sui videogame la serata del suo compleanno.

«Wow, sono pieno.» Davy spinse via il piatto. L'hamburger era ancora mezzo lì, e non aveva neanche toccato le patatine. Kurt stava ancora mangiando – si era abituato al fatto che il suo amico avesse un appetito più leggero.

«Ti va un film? Al cinema si paga meno il martedì.» Inarcò le sopracciglia in modo suggestivo.

«Ma sono quasi le otto. I film migliori saranno già iniziati.»

«E allora? Andiamo a vedere il prossimo che comincia. Qualunque sia.» Kurt non era pronto per tornare a casa. Invecchiare faceva già abbastanza schifo, senza tornare a casa la sera del proprio compleanno prima delle nove. Le nove! Davy si meritava una pausa dalla vita da adulto responsabile che conduceva.

«Va bene, ma scommetto che sarà una cosa orribile.»

«E allora? Tanto pago io. E poi, mal che vada, lanceremo i pop-corn contro lo schermo.»

«Lanciare pop-corn? È così che fa un detective rispettabile?» Davy tentò di restare serio, ma gli sfuggì una risatina.

«Eh. Basta non dirlo in giro.»

Davy sorrise di nuovo. «Affare fatto. Ho un *te l'avevo detto* pronto per l'uso, sappilo. Però lascia almeno che paghi io.»

«Nemmeno per sogno, signor festeggiato. Andiamo?»

Davy annuì, e Kurt lasciò un po' di soldi sul tavolo prima di alzarsi. Davy lo trattenne per la manica.

«Grazie, Kurt.» Gli occhi gli brillavano di gratitudine. Non lo stava ringraziando solo per la cena. Kurt sentì l'ultima ansia che aveva dentro sciogliersi e svanire. Non poteva deludere quell'uomo.

«Quando vuoi. Lo sai che ci sono sempre, vero?»

Davy sorrise con gli occhi leggermente lucidi. Niente lacrime quella sera, grazie a Dio. Di sicuro portava sfortuna piangere il giorno del proprio compleanno.

POP-CORN e bibite alla mano, Davy e Kurt si sedettero ai loro posti appena prima che il film cominciasse. Nessuno dei due l'aveva mai sentito nominare, ma era «il prossimo che cominciava».

«Sei sicuro che sia la sala giusta?» Davy si guardò intorno.

«Sì, la numero otto. Non ci vuole una laurea.»

«Ma non c'è nessuno.»

In effetti era un filino strano. Il martedì era una serata tranquilla, ma Kurt si aspettava di trovare più persone a vedere un film horror, specie considerando che era quasi Halloween. Bah – forse, come loro, nessuno aveva sentito parlare di questo film.

Partirono i titoli di testa, e Davy fissò lo schermo con una tale intensità che Kurt si mise a ridere. Il film era atroce, proprio come l'uomo aveva previsto. Le scene cruente erano totalmente irrealistiche, e i metodi della polizia facevano ridere i polli. Appena Davy si mise a sfottere i personaggi per le loro azioni e deduzioni, Kurt rispose con una spietata critica alle forze di polizia. In certi punti risero così forte da perdersi dei pezzi di dialogo – dialogo assurdo e innaturale, comunque irrilevante alla comprensione della trama.

Il film si chiuse con la classica scena da sequel. Kurt si chiese chi diavolo potesse mai commissionarlo.

Davy si voltò verso di lui. «Questo film dev'essere costato almeno dieci pompini.»

Il solo sentire quelle parole uscire dalla sua bocca provocò a Kurt una vampata di calore all'inguine. «Cosa?»

«Dieci pompini. Ecco come ha fatto l'autore a convincere il produttore a finanziarlo.»

Kurt rise così forte da strozzarsi quasi con la bibita. Aveva un male cane alla milza. «Dieci? Dici sul serio? Io avrei detto cento. O magari cinquecento.»

Davy rise con lui.

IL VIAGGIO di ritorno fino a casa di Davy non bastò a far passare a Kurt il male alla milza, specialmente perché Davy continuava a tirare in ballo le scene più divertenti del film. Non appena parcheggiò nel vialetto, Kurt fu quasi sopraffatto dalla tentazione di baciarlo. Cazzo, non era un'uscita romantica! Strinse forte il volante con le mani, e si sforzò di guardare avanti.

«Di nuovo grazie, Kurt. Mi sono divertito un sacco.» Davy gli diede una leggera pacca sulla spalla e uscì dalla macchina. Anche Kurt si era divertito. Nonostante il film pessimo, aveva passato la miglior serata al cinema della sua vita.

A CASA, nel suo letto, Kurt rivide il sedere di Davy che si muoveva mentre l'uomo scendeva dall'auto. Merda. La situazione gli stava sfuggendo di mano. Lui non era gay – non aveva mai fatto certi pensieri su un uomo. E Davy non era effeminato – quindi 'sta storia non aveva senso. Certo, era un uomo esile, ma aveva un inizio di barba sul viso, la sera, e mani tanto grandi, e… cazzo, era persino più alto di lui!

Eppure, quelle labbra rosate lo tormentavano. Immaginarle su… qualunque parte di sé… lo faceva avvampare – come se la pelle non riuscisse a contenerlo – e il cuore gli schizzava a mille, terrorizzandolo fino al midollo. In testa gli si affollarono immagini sempre più sensuali di Davy - soprattutto quella con l'uomo inginocchiato, intento a fargli un pompino. Cazzo, non sarebbe mai riuscito a prender sonno senza farsi una sega.

Si afferrò il cazzo già duro e dolorante. Perché immaginare la bocca di Davy sul suo corpo gli faceva questo effetto? Il suo uccello era più interessato alle fossette di Davy che a una Tiffany in topless pronta per l'uso.

No. No, poteva addormentarsi benissimo anche senza farlo. Poteva eccome. Lasciò andare la stretta e si sforzò di far sparire l'erezione. Cercò di non pensare a Davy in ginocchio sotto il tavolo del Lettie's a sbottonargli i pantaloni. O a Davy chino sul suo grembo, nella sala buia del cinema. O a un pompino fatto in macchina, decisamente illegale. Persino quella scena prevedeva i capelli scuri di Davy – i suoi, e solo i suoi – a solleticargli la pancia. Kurt strinse i pugni nelle lenzuola e sollevò i fianchi, in segno di supplica.

«Accidenti!» il grido squarciò il silenzio della stanza, ma i muri erano di mattoni – abbastanza solidi da non svegliare i vicini.

Si girò su un fianco e prese il lubrificante dal comodino. Non lo usava così spesso, ma quella sera ne aveva bisogno. Si unse le mani, e ne mise una sul cazzo e l'altra a coppa sulle palle. Il solo contatto lo fece gemere di piacere.

Cominciò adagio, come piaceva a lui, strofinandosi l'uccello fino alla punta: una torsione veloce e poi giù di nuovo fino alla base – e poi da capo, fingendo che il bagnato fosse la bocca di Davy, grondante saliva. Si massaggiò le palle immaginando di muoversi in quella bocca.

Prima ancora di rendersene conto, si vide sopra Davy – quest'ultimo con le gambe aperte, in attesa, e il cazzo pesante e duro adagiato sulla pancia, a puntare in alto. Kurt prese a muoversi a ritmo frenetico – una mano rapida sull'uccello, l'altra che scivolava più in basso... finché un dito non gli si insinuò nel culo, dove niente era mai stato prima. Immaginò il cazzo spargirgli dentro il corpo di Davy, e mentre spingeva il dito più a fondo, immaginò lo stesso calore e la stessa stretta attorno all'uccello. Notò con sgomento quanto fosse piacevole sentirsi così pieno. Il dito si muoveva a ritmo con la mano sul cazzo, ma fu l'immagine di Davy che veniva, coprendosi di sperma, con Kurt dentro di lui, che lo spinse oltre il limite con un lungo gemito.

Rimase immobile, ansimante, lo sperma che si raffreddava sulla pancia, il dito ancora dentro il corpo. Chiuse gli occhi. Vaffanculo. Non era gay, no? Tutti gli uomini di tanto in tanto fantasticavano su altri uomini, no? Per lui era la prima volta...

Tirò fuori il dito e il cazzo gli pulsò per la sensazione. Si alzò di scatto dal letto e andò a farsi una doccia, per lavar via le prove – ma con suo sommo orrore, si ritrovò appoggiato al muro, il dito di nuovo nel culo, a strofinarsi l'uccello come un pazzo, mentre pensava a Davy. Quando venne di nuovo, nella propria mano, si accorse che stavolta non poteva nemmeno incolpare la birra.

Dio.

CAPITOLO
DIECI

«QUANTO manca all'assalto?» Kurt si lasciò cadere nella sedia pieghevole accanto alla porta. Erin sedeva di fronte a lui; le sue due figlie, scortate dal padre e altri parenti, si erano unite alla banda di cuginetti e cuginette in giro a chiedere dolcetto o scherzetto. Tutti quei marmocchi insieme avevano quasi mandato in tilt i ricettori di tenerezze di Kurt – i costumini ben fatti, le giacche a vento colorate e i cappottini aggiunti all'ultimo minuto... proprio come capitava a lui da piccolo. Puntualmente, due giorni prima di Halloween spuntava un freddo del cavolo e mandava a monte tutto il design del costume progettato da mesi.

«Direi dieci, al massimo quindici minuti.» Erin scartò una mini-barretta di cioccolato e se la ficcò in bocca.

«Ehi, sorellona, contieniti. Non finire i dolcetti prima che arrivino i marmocchi.»

Erin gli lanciò una barretta e Kurt si scansò, ridendo.

«Stavo per dire che cosa carina, che il mio fratellino sia qui con me. Ma ho cambiato idea. Come mai non sei andato a qualche festa? Non lavori, potevi uscire con Ian e Dylan.»

Kurt fece spallucce. Di sicuro la festa dei suoi fratelli sarebbe stata pazza almeno quanto il locale degli amici di Davy. Ian gli aveva assicurato che era impossibile non rimorchiare almeno una ragazza. E tuttavia… «Potrebbero ancora chiamarmi sul lavoro. È per questo che sono qui ad annoiarmi con te.» Le fece la linguaccia, ed Erin gli lanciò un'altra barretta. Stavolta Kurt la intercettò e se la mangiò.

Furono interrotti dal campanello, ed Erin andò ad aprire ai bambini.

Kurt si chiese come sarebbe stato se avesse accettato l'invito di Rick… se fosse venuto anche Davy. Erano secoli che non andava in discoteca, e l'idea di guardare Davy ballare era una tentazione oscura e seducente. Anni prima gli era capitato di fare delle retate in un paio di locali gay, e anche se era in servizio, aveva notato che l'atmosfera trasudava sesso. Chissà se Davy era bravo a ballare.

Un lecca-lecca lo colpì alla testa, facendolo sussultare. «Che cazzo fai?»

«Bada a come parli, scricciolo.» Erin gli lanciò un'occhiataccia.

«Che ca… perché me l'hai tirato?» Kurt si massaggiò il cranio.

«Non so dove fossi, ma di sicuro non eri qui. Lei come si chiama?»

«Chi?»

«Stavi pensando a una ragazza. Avevi questo sorriso da ebete, eri totalmente immerso nei tuoi pensieri. Quando ce la farai conoscere?»

Cazzo, era pazzesco.

«Ma va. Non pensavo a niente.»

«Come no. Non mi hai nemmeno risposto quando ti ho chiamato – per due volte. Dev'essere una tipa speciale.»

«Lascia perdere, Erin.» Disse Kurt con voce dura, da poliziotto, e le rivolse uno sguardo severo; ma una donna che gli aveva cambiato i pannolini non poteva reagire come le altre persone. Per lei, Kurt era sempre il ragazzino incapace di badare a se stesso – lo scricciolo.

Erin alzò gli occhi al cielo e lo ignorò. «Vado a prendere qualcosa di sano da sgranocchiare. Rispondi tu al campanello.»

Proprio in quel momento suonarono alla porta, e Kurt scattò in piedi, sperando che la sorella non avesse notato il rossore sul suo volto. Se Erin sospettava che avesse una fidanzata, sua madre lo avrebbe fatto impazzire. Non poteva spiegare loro che stava perdendo la testa per un uomo. Era solo una fase passeggera – un attaccamento momentaneo, dovuto alle circostanze strane in cui aveva incontrato Davy. Una volta che l'uomo si fosse ristabilito, sarebbe sparito tutto. E poi Kurt non aveva mai frequentato uomini gay; di sicuro questo giustificava la stranezza delle sue fantasie.

Tornò Erin con verdure a fettine e una ciotola piena di salsa. Li appoggiò sul tavolino.

«Grazie, Erin.» Aveva appena preso una carota quando suonò di nuovo il campanello, e il cellulare gli vibrò in tasca.

«Devo rispondere.»

Erin annuì e andò alla porta, mentre Kurt si ritrasse all'interno della casa, lontano dai bambini in evidente – rumorosa – overdose da zucchero.

«Ciao, Davy. Che succede?»

«Sono da Sandra.»

Il panico, sottile, si avvertì anche sopra le grida dei bambini.

«Calmati. Cos'è successo?» fece Kurt con la voce da *niente panico*. Quella sera stava dando fondo al repertorio di voci ufficiali. «Inspira a fondo e trattieni il fiato.»

Kurt tese le orecchie per accertarsi che Davy seguisse le istruzioni. «Okay, ora espira lentamente.» Attese un attimo. «Adesso spiegami.»

«Sandra sta sanguinando, e ha le contrazioni. È troppo presto per il bambino, mancano un paio di settimane al parto.»

«Hai chiamato il 911?»

«No, non ancora.»

Kurt si sentì orgoglioso al pensiero che Davy l'avesse chiamato per primo. Evidentemente sapeva di poter contare su di lui – non lo considerava uno scricciolo indifeso.

«Andrà tutto bene. Non è così presto per il bambino, ma Sandra probabilmente farà più fatica.» Sperò che non fosse una bugia quell'*andrà tutto bene*. «Adesso riattacco e chiamo il 911. Mi faccio dire in che ospedale portano Sandra e ti raggiungo lì, va bene?»

Il respiro di Davy tornò a farsi affannoso.

«Davy, respira adagio. Altrimenti perderai i sensi e non potrai aiutare Sandra.»

Non gli piaceva usare un tono così duro con l'uomo, ma doveva essere certo che comprendesse.

«Va bene, adesso riattacco. L'ambulanza sarà subito lì.»

Kurt prese la giacca e le chiavi e superò Erin di corsa. «Devo andare, sorella. Dopo ti spiego.» Molto dopo, se Erin aveva intenzione di fargli il terzo grado sulla fidanzata immaginaria.

La donna non protestò e non gli fece domande, abituata al lavoro del fratello. Kurt mise in moto la macchina mentre dettava le istruzioni al tizio del 911.

Qualche minuto dopo era sulla strada per l'ospedale, attento a non investire bambini.

IL TRAFFICO era assurdo; era una notte di merda per guidare e una notte di merda per andare in pronto soccorso. Anche se, in effetti, era ancora presto per gli sfigati ubriachi o in overdose. Quando finalmente riuscì a farsi strada fino all'ospedale, la placida infermiera all'accettazione lo indirizzò in sala d'aspetto. Davy era pallido quasi come il giorno in cui Kurt l'aveva incontrato.

«Ehi, novità?»

L'uomo impiegò un attimo a riconoscerlo, lo sguardo vacuo e spaventato. Poi assunse un'espressione sollevata, e fece per avvicinarsi a Kurt, ma si bloccò di colpo. Strinse le mani a pugno.

«L'hanno fatta entrare subito, il medico la sta visitando. Non... non so altro.»

«Dai. Siediti, prima di cascare per terra.» Kurt lo portò alla sedia e gli si sedette accanto. Avrebbe voluto abbracciarlo – avrebbe abbracciato i suoi fratelli senza esitare, nella stessa situazione, ma qui temeva non solo la reazione di Davy. Non era sicuro di riuscire a nascondere la sua bizzarra ossessione di fronte al mondo intero.

Per la prima volta sentì, suo malgrado, di capire Ben e il modo in cui aveva gestito il suo rapporto con Davy. Ben però era gay. Se Kurt fosse stato gay, non avrebbe avuto problemi ad ammetterlo, no? Ultimamente era riuscito a evitare fantasie erotiche sull'uomo. Era un buon segno, no?

Davy iniziò a tremare. Kurt mise da parte le proprie paure e lo cinse con un braccio, stringendolo piano.

«Vado a prenderti un caffè, così ti scaldi un po'.» Kurt si guardò intorno. «Dove hai messo la giacca?»

Davy ripeté il gesto, smarrito. «Non lo so. Forse l'ho lasciata a casa.»

«Okay, ci pensiamo dopo. Ma devi bere qualcosa di caldo. Torno fra un minuto.»

Fece una corsa fino al bar. Il pronto soccorso non era ancora così affollato; anche se avevano fatto passare subito Sandra, non voleva dire che fosse grave quanto temeva Davy.

Quando infilò il bicchiere di cartone nelle dita esangui di Davy, queste si chiusero di riflesso.

L'uomo avvicinò il viso al bicchiere, inalò a fondo l'aroma e poi ne bevve un sorso, cauto. Fece una smorfia. «È dolcissimo.»

«Hai bisogno di zuccheri, quindi bevilo e basta. E poi, fidati, il caffè qui fa schifo. Con lo zucchero migliora.»

Davy sorrise e l'espressione da bimbo smarrito si attenuò un po'. Kurt aspettò che bevesse ancora prima di tornare a interrogarlo.

«Hai sentito il marito di Sandra? O le sue amiche?»

Non parlavano spesso della sorella di Davy, ma Kurt sapeva che suo marito, William, era in missione oltreoceano, e che le mogli di altri soldati le davano una mano.

«William ha un permesso fra due settimane.» Davy accettò comunque il consiglio implicito di Kurt e tirò fuori il cellulare. Se lo portò all'orecchio mentre con l'altra mano stringeva saldamente il caffè.

Kurt fece un giro per la sala, sfogliando le riviste, per dare a Davy un po' di privacy. Quando l'uomo si rimise il cellulare in tasca, tornò a sedersi accanto a lui.

«Non sono riuscito a parlare con William, ma ho lasciato un messaggio al suo capo. E ho chiamato la migliore amica di Sandra, Liz. Ehm...» Davy voltò la testa per nascondersi da Kurt.

«Cosa?»

«Mi ha chiesto se volevo che venisse qui.» Davy parlava rivolto a un vaso nell'angolo. «Le ho detto di no, che l'avrei chiamata quando avevo novità. Tu... tu non devi restare. Sono felice che tu sia qui, ma non voglio rovinarti la serata. Potrebbero volerci ore.»

«Davy, non vado da nessuna parte.» Si tolse la giacca e la mise sullo schienale della sedia.

Davy chiuse gli occhi e si morse il labbro prima di tirare un sospirone di sollievo. «Grazie.»

«E di che?»

Davy si guardò intorno nervosamente. Diede una pacca veloce al braccio di Kurt, prima di ritrarre furtivamente la mano. Nessuno prestava loro attenzione, ciascuno era focalizzato sui propri problemi. Si misero a guardare le scemenze che trasmetteva la TV sul muro.

Un PAIO d'ore dopo, Davy era crollato sulla spalla di Kurt. Lo stress e la noia insieme erano una combinazione fatale. Anche Kurt sentiva gli occhi impastati di sonno, ma i telefilm erano leggermente meno noiosi degli appostamenti.

Un giovane medico col camice viola scambiò due parole con l'infermiera all'accettazione, che gli indicò Davy. L'uomo si diresse verso di loro, e Kurt lo svegliò. Era un sollievo vedere che il medico sfoggiava un bel sorriso.

«Signor Grey? È lei il padre?»

«No, no, sono il fratello di Sandra, Davy Broussard.»

Davy strinse la mano al medico, che a quel punto guardò Kurt interrogativamente.

«No, neanche io sono il padre. Sono solo un amico.» Attese un attimo, ma Davy non sembrava intenzionato a offrire spiegazioni. «Il marito di Sandra è all'estero. Se anche ottiene un permesso, ci vorranno ore prima che arrivi.»

Il medico annuì. «Beh, signor Broussard, sua sorella sta bene. Abbiamo dovuto farle un cesareo d'emergenza, e dovremo trattenerla qualche giorno. È ancora un po' intontita, ma ha chiesto di lei.»

«E il bambino?» chiese Davy.

«Sta bene. Domani lo trasferiremo in reparto e potrete vederlo. Dovrà fermarsi qui qualche giorno in più di sua sorella, lo teniamo sotto osservazione.»

Davy fece un sorriso smagliante, con tanto di fossette. Kurt non aveva un vero gay-radar – non ne aveva mai avuto bisogno – ma non gli sfuggì lo sguardo di apprezzamento del medico. La sola idea che Davy potesse ricambiare le sue attenzioni bastò a fargli venire una fitta di gelosia. Non era mai stato geloso di nessuno in vita sua, e si scrollò di dosso quella sensazione.

Davy lo guardò e fece per dire qualcosa.

«Tranquillo, ti aspetto qui. Va' a trovare tua sorella.» A Davy serviva un passaggio a casa, e Kurt non aveva intenzione di fargli prendere un taxi, con quel freddo e senza giacca.

Davy annuì e seguì il medico oltre la porta scorrevole.

DIECI minuti dopo era di ritorno, con un'espressione rilassata che Kurt non gli vedeva addosso da un po'.

«Tutto bene?»

«Sì, tutto a posto. Verremo a prenderla io o Liz quando la dimettono. Non vedo l'ora di vedere mio nipote.» Davy camminava quasi saltellando, nonostante le profonde occhiaie sotto gli occhi. Cazzo, aveva bisogno di dormire. Ma Kurt ricordava la prima volta che una delle sue sorelle aveva partorito... anzi, se le ricordava tutte quante. Era qualcosa di speciale, che ti faceva sentire piccolo e umile; non poteva prendersela con Davy, se era così eccitato.

«Come si chiama? Hanno già deciso?»

«Oh, sì. Oliver Alain, in ricordo dei nostri genitori. Nostra mamma si chiamava Olive, e papà Alain.»

Davy non parlava spesso dei suoi genitori. Kurt sapeva che erano morti in un incidente d'auto quando l'uomo era adolescente, e Sandra, undici anni più vecchia, si era presa cura di lui. Quel dolore probabilmente non era più niente, in confronto alla ferita recente; ma era stata proprio la mancanza di una rete di sostegno, specialmente con Sandra in quelle condizioni, a spaventare Kurt a morte quei primi giorni.

«SPERAVO che ti facessi vivo stasera.»

«Oh?» il battito di Kurt accelerò, mentre si sfilava la sciarpa. Non vedeva Davy da tredici giorni, da quella sera al pronto soccorso. Cazzo – teneva anche il conto. Alla fine, quando proprio non ne poteva più – cioè tre giorni prima –, aveva aspettato di avere una scusa per andare a trovarlo, e la prima disponibile era la partita di hockey che trasmettevano in TV quella sera.

Non c'era bisogno che Davy sapesse a cosa pensava Kurt nel cuore della notte. Lui stesso si sforzava di non pensarci mai. La sua era solo curiosità, o al massimo una cottarella sfuggita di mano. Prima o poi sarebbe scomparsa. Non poteva rinunciare all'amicizia con Davy solo perché il suo cazzo aveva sviluppato tendenze imprevedibili.

«Sì, ho comprato tutti gli ingredienti per fare uno degli hamburger del tuo libro.»

«Oh, figo.» Kurt aveva pensato che fosse un regalo stupido, ma a tutti e due piacevano gli hamburger.

«Mettiti comodo. Faccio in un attimo.»

Kurt gironzolò in salotto e accese la TV. Mentre si sedeva sul divano, vide con la coda dell'occhio un flash di colore. Si alzò in piedi per esaminare la mensola del camino.

Arrossì, ma sorrise ugualmente: in bella vista sulla mensola stava la cornice che aveva regalato a Davy, con dentro la foto del compleanno. Davy sembrava così felice, in quella foto.

E non era l'unica; Kurt passò in rassegna le altre foto, disposte in modo asimmetrico. Non conosceva nessuno a parte Davy e Sandra, ma era bello vedere che l'uomo aveva riesumato alcuni dei suoi oggetti più cari. C'era anche la foto di un bambino minuscolo con la faccia tutta rossa, e Kurt dedusse che si trattasse di Oliver – ma nonostante avesse un tot di nipoti, non aveva mai imparato a distinguere i neonati uno dall'altro. Gli sembravano tutti uguali, e le foto che Davy gli aveva inviato non aiutavano.

Finalmente il marito di Sandra era tornato. Era arrivato a casa sei giorni dopo Halloween, in ritardo a causa di svariate tempeste di neve, sia lì che in Europa. Nonostante l'aiuto delle amiche, Davy si era sfinito per aiutare Sandra col bambino.

Kurt era stato tentato di aiutarlo, in quei giorni, anche se la stanchezza era una buona scusa per non disturbarlo. La cosa più logica sarebbe stata chiedere una mano a sua madre e alle sue sorelle. Non gli avrebbero negato il loro aiuto – ma ogni volta che provava a chiamarle, la paura che scoprissero quanto teneva a Davy finiva sempre per vincere sulla vergogna e il senso di colpa.

Ispezionò la stanza. Una coperta patchwork, fatta da sua madre, era stesa sullo schienale del divano, che ospitava anche diversi cuscini pelosi, rossi e cicciuti che Kurt non aveva mai visto. Sulla libreria, i libri avevano rimpiazzato le cianfrusaglie da catalogo e le costine consumate parlavano di amore per la lettura. Kurt non ricordava che Ben avesse mai nominato libri.

Si avvicinò allo scaffale per leggere i titoli. Alcuni erano libri di cucina, e c'era un buco in mezzo, più o meno dello spessore del tomo di ricette che gli aveva regalato lui. Altri erano romanzi – alcuni di autori noti, altri no. Soprattutto fantasy, sci-fi, qualche giallo. Ne tirò fuori uno di quelli che non conosceva, e arrossì di fronte alla copertina – due uomini a torso nudo. Lo rimise a posto con cautela e si allontanò dallo scaffale.

Il salotto era diventato una stanza vera. Il colore neutro e sterile delle pareti e dei mobili era mitigato dalle nuove aggiunte di Davy. Doveva essere un segno di guarigione – la stanza non era più un tempio dedicato alle manie di segretezza di Ben. Buon per Davy.

Ci sarebbe stato benissimo un camino acceso. Chissà se Davy aveva della legna.

In quel momento l'uomo entrò nella stanza con due bottiglie di birra. «Tieni. La cena sarà pronta fra una decina di minuti.»

«C'è un buon profumo.» Davvero. Kurt non sapeva dire di che si trattasse esattamente, ma Davy aveva portato con sé il profumo della carne cotta. L'uomo sorrise, con le fossette, e Kurt sentì un'inaspettata e sgradevole vampata di calore all'inguine. Dio – era questo che lo aspettava, ora che

Davy stava superando il lutto e sorrideva sempre più spesso? Altro che vicino a liberarsi dall'ossessione. A giudicare dalle notti passate a masturbarsi immaginando Davy, la situazione stava peggiorando.

No. Non esattamente. Stava solo seguendo il suo corso – era un peggioramento momentaneo, prima di migliorare.

Si sedettero sul divano ad ascoltare la formazione delle squadre.

Partì un'altra pubblicità. Ce n'erano sempre troppe. «Ce l'hai della legna?»

«Legna? No, perché? Hai freddo?»

«No, mi chiedevo se usi mai quel camino.»

«Mai. A Ben non piaceva il fumo, diceva che sporcava, e che la legna era piena di larve.»

Kurt strinse i denti. A chi non piace un caminetto acceso? Erano fantastici, specialmente nei giorni gelidi, con la bufera, quando la neve non era abbastanza alta da poterla spalare ma faceva ugualmente un freddo assurdo. Giorni liberi, senza impegni. Accanto al caminetto c'erano vari utensili, e la grata di protezione era in buona forma – ma era inutile, se nessuno lo accendeva mai.

«Dovremo controllare la canna fumaria e accertarci che sia libera, ma se decidi di accenderlo, fammelo sapere. Mio fratello Dylan ha della terra fuori città, e ha sempre un sacco di sterpaglie.»

Kurt guardò il tappeto soffice e bianco di fronte al camino. Davy non aveva un tavolino di fronte al divano, perciò, quando ne serviva uno, trascinavano quello che stava vicino alla libreria. Ora però lo spazio era vuoto. Kurt immaginò la luce gialla, aranciata del fuoco, a mitigare il bianco crudo del tappeto. Senza farlo apposta visualizzò Davy, nudo e snello, steso sul tappeto a crogiolarsi nel calore. Dio. Questa storia doveva finire, cazzo.

Si piegò in avanti, sperando di nascondere il gonfiore del suo stupido uccello. Come se ci fosse il rischio che Davy lo guardasse. L'uomo era in lutto, e non aveva mai dato segno di interesse. Il che era un bene – davvero. Davy sapeva che Kurt era etero.

«Grazie, ci penserò.»

Un fischio acuto, e Davy sbatté la sua bottiglia di birra sul tavolino accanto al divano per correre in cucina. Kurt tirò un sospiro di sollievo. Forse il camino era una pessima idea, almeno finché non fosse uscito da questa fase. Col cazzo che avrebbe tirato di nuovo in ballo l'argomento.

La cena era quasi pronta, così si alzò e spostò il tavolino di fronte al divano. Per fortuna, non era molto pesante.

Sprofondò sul divano e fissò la TV, senza vederla. Il rumore del vassoio poggiato sul tavolo lo fece trasalire.

«Ehi, potevi chiamarmi, ti avrei aiutato.»

Davy fece spallucce. «Nessun problema. Anch'io facevo il cameriere all'università. Non ho perso il tocco.»

«Allora, che si mangia?»

Davy dispose i piatti in un certo modo. Kurt adorava mangiare di fronte alla TV, ed era pronto a scommettere che Ben non l'avrebbe mai consentito.

«Hamburger alla greca. Carne d'agnello, *feta*, pomodori e *tzatziki* con molto aglio.» Anche l'insalata di contorno sembrava greca, piena di pomodori, olive e *feta*.

Oh. «*Tzatziki* fatto in casa?»

Davy annuì.

Fantastico. Quando andava al ristorante, spalmava dappertutto la salsa di yogurt e cetrioli.

Davy prese dal tavolo una bottiglietta gialla. «Ascolta, l'ho portata per te, ma per averla devi prima assaggiare tutto senza.»

Kurt sbuffò. «Va bene, va bene, mi piace la mostarda sugli hamburger. Ma solo perché di solito non posso metterci la salsa *tzatziki*.» Ci avrebbe messo comunque anche la mostarda, solo per esasperare Davy.

Davy rimise la bottiglia sul tavolo con riluttanza, ma era pronto a strapparla di mano a Kurt.

«Tranquillo. Ha un ottimo aspetto.» Kurt diede un morso. «Cazzo, è squisito, Davy,» mugolò a bocca piena. Davy era un cuoco grandioso. Anche se poteva facilmente mangiare bene al Finn's, questa era un'altra cosa. Di questo passo avrebbe dovuto aumentare le ore in palestra.

Davy si rilassò e si concentrò sul cibo, e quando iniziò la partita, non rimase loro altro da fare che mangiare e sbraitare contro lo schermo.

KURT era seduto alla scrivania, ad aspettare che Simon tornasse da una riunione. Si mise a sfogliare le ultime foto di Oliver che Davy gli aveva mandato. L'uomo si comportava quasi come un padre, invece che un semplice zio – ma l'attaccamento dipendeva dalla paura di perdere un'altra persona a cui voleva bene. E poi, non era un crimine amare la propria famiglia. Anche Kurt amava la propria, anche se a volte lo mandava fuori dai gangheri.

La nascita del bambino aveva avuto un effetto collaterale imprevisto: ora Davy si sentiva abbastanza a suo agio da mandargli SMS. Molti SMS. A Kurt a volte sembravano i bigliettini che ci si passa in classe alle superiori, ma questo non gli impediva di controllare subito ogni volta che il cellulare suonava. E li conservava tutti, per rileggerli di tanto in tanto, come un idiota ossessionato. Quella fase doveva finire. Il problema era che non sapeva come fare senza tagliare i ponti con Davy, e non se la sentiva proprio di fare quel passo.

«Ehi. Belle notizie? »

Kurt trasalì e lasciò cadere il cellulare.

«No, sono solo le foto del figlio di un'amica.» Kurt si sforzò di non arrossire, ma non gli parve di riuscirci troppo bene.

Simon alzò gli occhi al cielo. «Non farle vedere a Jen. Ultimamente rompe le scatole che vuole un bambino. Io preferirei che fossimo un po' meglio stabiliti.»

Kurt infilò il cellulare in tasca. «A proposito di Jen… siete liberi sabato sera?»

«Forse. Perché? Vuoi fare un'uscita a quattro?»

Se Kurt non era arrossito prima, di sicuro arrossì adesso. Soprattutto perché gli era tornato in mente della sera in cui era uscito con Davy per il suo compleanno. Con Simon e Jen, avrebbe potuto essere un'uscita a quattro.

Simon si sporse in avanti e fece, a bassa voce: «Scusa, l'ho detto senza pensarci.»

Kurt scosse la testa. «No, ah, i miei danno una festa al locale per il compleanno di mio fratello. Sarebbero felici di conoscervi.»

«Oh, forte. Sì, vedrò che posso fare. Sei pronto a uscire? Ho l'indirizzo da controllare.»

Oh, grazie a Dio. Basta parlare di uscite a quattro. Tra Tiffany e Davy, era proprio nella merda.

«Andiamo.» Kurt si mise la giacca e seguì Simon nel parcheggio.

CAPITOLO
UNDICI

KURT individuò subito Simon, appena questi, impolverato di neve, mise piede nel locale. Fra la folla, era il più alto; Jen doveva trovarsi al suo fianco, ma era così piccola che la folla la inghiottiva. Al sabato il Finn's faceva sempre il pienone.

Si sbracciò per farsi notare da Simon, che lo raggiunse. Il locale aveva il tutto esaurito, ma la festa – come buona parte degli invitati sapeva, per abitudine – si sarebbe tenuta nella camera sul retro.

«Ehi, come va? E così è questo, il vostro locale?» Kurt ricevette una pacca sulla spalla.

«È un posto fantastico,» disse Jen, mentre lo abbracciava.

«Sì, era una fabbrica di birra quando i miei l'hanno comprato, appena arrivati qua. L'hanno aggiustato e gli hanno dato il nome di mio nonno. È sempre stato il loro mestiere. Una sfiga per noi, ci toccava sempre fare i camerieri o sgomberare i tavoli. Quando poi gli affari sono decollati, hanno assunto del personale vero. Ora aiutiamo solo di tanto in tanto, più che altro per lasciar riposare mamma e papà.»

Kurt li condusse sul retro.

«Ohi! Kurt, tesoro, chi sono questi?» Come sempre, sua madre era la prima a riconoscere un viso nuovo.

«Questo è il mio partner, Simon, e sua moglie Jen. Simon, Jen, questa è la mia mamma, Deirdre.»

Simon strinse sua madre in un forte abbraccio. La donna sembrò sorpresa, ma ridacchiò. Jen alzò gli occhi al cielo, ma non sembrava per niente arrabbiata.

«Lieto di conoscerla, signora O'Donnell.» Simon la riappoggiò per terra.

«Oh, dai! Non hai sentito il mio bambino? Mi chiamo Deirdre.»

«Deirdre. Ricevuto.» Simon fece un largo sorriso.

Anche gli altri membri della famiglia si accorsero di Simon – come potevano non notarlo? Mike fu il primo ad avvicinarsi. Sua madre intanto aveva preso a chiacchierare con Jen.

«E così, scricciolo, questo è il tuo nuovo partner?»

«Scricciolo?» fece Simon, con un sopracciglio alzato. Jen si coprì la bocca per non ridere.

«Simon, Jen, questo è Mike, mio fratello maggiore. Quello che compie gli anni. Ormai è un vecchietto – quarantatré anni.»

Mike lo fulminò con lo sguardo, ma accettò gli auguri di Simon e Jen.

«Scricciolo?» chiese di nuovo Simon.

Kurt sospirò, e suo fratello rise. «Sì, beh, credevamo che il più piccolo sarebbe rimasto per sempre un ranocchietto, ma ci siamo sbagliati. È diventato il più grande di tutti.»

«È perché la mamma vuole più bene a me.» Kurt gli mostrò la lingua, e Mike fece per prenderlo per il collo e assalirlo, ma si fermò e si limitò a una strizzatina.

Kurt sperò che fosse per decenza e non perché temeva ancora di ferirlo, dopo sei mesi dall'esplosione.

«Come stai, scricciolo? È un po' che non ci vediamo.»

No, niente decenza. «Sto bene, Mikey. Davvero. Guarda, ormai sono guarito.» Tirò su la manica per mostrargli la cicatrice sul braccio. Solo la pelle arrossata rivelava quanto fosse recente.

«Okay, okay.»

Kurt si fissò l'incisione, e ricordò le dita di Davy che ne tracciavano i contorni, leggere come un sussurro. Sorrise e si riabbassò la manica.

«Sono sicura che questo brav'uomo si prende cura del mio bambino.» Sua madre strinse il braccio di Simon. Era incredibile la differenza fra questo incontro e quelli, rari e brevissimi, con Ben.

«Può scommetterci, signora.»

«Bravo ragazzo. Senti, Mikey, lo so che è il tuo compleanno, ma ti spiace prendere qualcosa da bere per Simon e Jen? E presentarli al resto del parentado?»

«Oooh. Il mio fratellino è nei guai,» canticchiò Mike mentre accompagnava Simon e Jen – entrambi con un sorriso a quarantadue denti stampato in volto – verso gli altri.

Invece di sgridarlo, come aveva predetto Mike, la donna abbracciò nuovamente Kurt.

«Allora, quando potrò conoscerla?»

«Conoscere chi?»

«La tua ragazza.»

«Cazz– volevo dire, cavolo. Che ti ha detto Erin? Non c'è nessuna ragazza.»

«Non ho parlato con Erin, ma adesso andrò a chiederglielo. Figliolo, mi stai contando balle. L'unica volta che ho visto quello sguardo negli occhi di uno dei miei bambini, Mike aveva appena iniziato a uscire con Heather. Ho capito allora che erano destinati a sposarsi.»

«Sposarsi?! Accidenti, mamma, non sto uscendo con nessuno!» Chissà se valevano le cene con un uomo che lo faceva sentire meglio di qualunque ragazza.

Sua madre lo guardò negli occhi e gli poggiò una mano sulla cicatrice. «Oh, tesoro. Non importa se uscite insieme o meno. Tu hai capito di chi parlo. Prima hai pensato a lei mentre guardavi la cicatrice. Ce l'avevi scritto in faccia – sei innamorato.»

Era un *lui*. E col cazzo che Kurt era innamorato. Sua madre doveva essere impazzita – o ubriaca.

«Mamma, ti giuro che non è così.» Kurt sperò che la donna non interpretasse in modi strani lo squittio acuto della sua voce. Doveva credergli e basta.

«Va bene, va bene. Stai tranquillo, tesoro. Si accorgerà di te. Sei un ottimo partito per qualsiasi ragazza.»

Merda. L'aveva interpretato eccome.

«Ricordati che puoi sempre parlarne con me. Sarò anche vecchia, ma conosco le ragazze.»

Kurt si lasciò sfuggire una risata amara. Sua madre non sarebbe stata così impaziente di vederlo sposato se avesse saputo chi c'era al centro dei suoi pensieri. Era una cattolica devota. Lo avrebbe odiato, gli avrebbe negato il suo aiuto – se solo avesse saputo. Tutta la famiglia lo avrebbe disprezzato.

«Ehi, scricciolo.» Ian si avvicinò e gli porse una birra – motivo per cui Kurt evitò di mandarlo a quel paese. «Ho conosciuto il tuo partner. Sembra un tipo a posto.» Dylan li raggiunse e annuì.

«Dai, vieni. Lo abbiamo sfidato a biliardo, e ci serve un quarto.»

Kurt si lasciò trascinare, grato di poter sfuggire all'intuito spaventoso di sua madre. Dio. Se solo avesse saputo che era infatuato – non innamorato, per Dio! Non era gay –, che faceva delle fantasie erotiche su un uomo, sarebbe svenuta. Probabilmente lo avrebbe disconosciuto. E come lei, il resto della famiglia.

«Ehi, che ti prende? Non ti ho mai visto con questa faccia,» disse Ian.

«Mamma mi stava parlando di matrimonio.»

«Oh, merda, che sfiga. Perché mai uno dovrebbe sposarsi? Ci sono così tante donne da provare.»

Dylan sbuffò. «E tu ce la metti tutta, eh? Però davvero, una donna sola per sempre? Magari fra qualche anno.»

Kurt era il più piccolo, ma c'erano solo tre anni fra lui e Dylan; Ian cadeva giusto a metà. Avevano ancora tempo, prima di pensare ad accasarsi.

«Non ci stai tenendo nascosta una ragazza, vero?» chiese Ian.

«No.» Kurt voleva smettere di parlarne. Subito.

Ian e Dylan si scambiarono un'occhiata curiosa. Oddio, possibile che sospettassero?

«Allora… il biliardo…»

SIMON era bravo quasi quanto loro tre – il che era tutto dire, visto che i fratelli O'Donnell avevano iniziato ad allenarsi appena raggiunta l'altezza minima per vedere il tavolo. Altre persone aspettavano il proprio turno, così, dopo aver sistemato le palle, cedettero loro il posto.

Jen si avvicinò con una birra per Simon. «Grazie, amore.» L'uomo si chinò per darle un bacio dolce.

«Mi piace la tua famiglia,» disse Jen a Kurt.

«Grazie. Anche a me, il più delle volte.»

Jen sorrise, e Ian diede a Kurt un colpetto alla spalla.

«Torniamo subito,» fece Dylan, confrontando la sua bottiglia vuota con quella altrettanto vuota di Ian.

«Portatene una anche a me,» gridò Kurt. Ian gli rispose col dito medio.

«Scusa, dovevo prendertela io,» si scusò Jen.

«Ma no, certo che no. È lui che è uno stronzo. Vado e torno in un attimo.»

Caitlyn si avvicinò al tavolo. «Eccoti qui,» disse a Jen. «Dai, chiama Simon.» Si voltò verso Kurt, l'espressione corrucciata. «Avresti dovuto dirmelo che conoscevi Jen.»

«E quando avrei dovuto farlo? E perché?» Kurt riteneva lecito arrabbiarsi di fronte al suo tono accusatorio. Trascorreva molto poco tempo con le gemelle – avevano sempre le loro cose da fare in famiglia.

«Abbiamo appena iniziato a lavorare insieme. Non ci eravamo accorte che tu e Simon foste colleghi fino a questa sera.»

«Oh, e io avrei dovuto sapere che lavoravate insieme,» replicò Kurt in tono sarcastico, ma sua sorella, come al solito, non si accorse di nulla. Probabilmente l'avrebbe anche saputo, se la donna non avesse cambiato lavoro tanto spesso quanto certe persone cambiavano l'olio alla macchina. Come faceva a tenere il conto?

«Va' pure,» disse Kurt quando si accorse che Simon era riluttante. «Io vado al bar.»

Prese un'altra birra e si appoggiò al muro più vicino. Intorno a lui c'erano tutte coppiette. Le sue sorelle avevano invitato un po' di ragazze single, ma Kurt quasi preferiva uscire con qualcuno sul lavoro che con loro.

«Ciao. Tu devi essere Kurt.» Una morettina ben dotata gli venne vicino... un po' troppo vicino per essere una sconosciuta. Però era piuttosto carina, e da quell'altezza, Kurt riusciva a guardarle dentro la scollatura. Intravide del pizzo rosa.

«Sono io.»

«Io sono Heidi. Un'amica di Heather.»

«Lieto di conoscerti, Heidi.»

«Heather mi ha detto che sei un poliziotto.» Heidi si spinse ancora più vicino e gli appoggiò una piccola mano sul bicipite. Amica di sua cognata – era out, per Kurt.

«Devi essere coraggioso. E sei proprio forte.» Heidi gli strinse il braccio.

Kurt bevve un sorso di birra per evitare di roteare gli occhi.

Poi però… provò a immaginare di chinarsi in avanti e baciarla. Spogliarla nuda. Sentire nelle mani il peso del suo seno. E… no, non poteva farlo. Il suo uccello non mostrò tracce di interesse – persino meno di quando era uscito con Tiffany.

Oh, cazzo.

Ci provò di nuovo. Questa volta si immaginò nudo a letto con lei. Ma non era alta abbastanza. Non aveva le fossette.

Oh, cazzo! Kurt prese a sudare e cercò di allontanarsi, ma il muro lo bloccava.

«Eccoti qui,» Simon interruppe i suoi pensieri. Heidi gli si era incollata addosso – le dita sprofondate sotto il suo maglione, il seno premuto contro l'addome.

«Mi scusi, signorina, devo rubarle un attimo Kurt.» Simon sorrise, le spostò la mano, e riportò Kurt al tavolo da biliardo.

«Grazie di avermi salvato.» Kurt poteva finalmente tornare a respirare. La strada intrapresa lo avrebbe portato a un replay della serata con Tiffany, e non era certo che il suo orgoglio potesse reggere un altro colpo del genere.

«Non ringraziare me: ringrazia Jen.» Simon la indicò col dito, e Jen lo salutò con la mano, un sorriso comprensivo sul volto. «Ha detto che sa riconoscere uno squalo quando se lo trova davanti.»

Uno squalo, eh? Più probabilmente, si era accorta di quanto Kurt fosse terrorizzato. Fantastico – proprio fantastico. Non poteva nemmeno arrabbiarsi. Sempre meglio farsi salvare da Jen che sopportare quella Heidi, con la sua insistenza i suoi sfacciati tentativi di accalappiarlo.

«Ti va di fare un'altra partita? Io e Jen contro di te?»

«Nah, giocate pure voi. Io vi guardo.»

Kurt si sedette su uno sgabello, le spalle al muro. Aveva una vista perfetta del tavolo da biliardo, ma non riuscì a rimanere concentrato sulla partita.

Suo fratello Mike, con un sorriso felice sul volto, stava baciando la moglie Heather. Suo padre sfilava un vassoio pesante dalle mani di sua madre, e le sorrideva dolcemente. Il marito di Erin le scostava dalla fronte un ricciolo ribelle. Simon cingeva Jen, apparentemente per insegnarle un tiro difficile – ma non solo, a giudicare dalle risatine di lei.

Era circondato da amici e parenti che lo amavano, e non si era mai sentito così solo. Avrebbe dovuto farsi coraggio e invitare Davy. Il motivo per cui non l'aveva fatto era così simile a quello di Ben che si sentiva morire dalla vergogna. Kurt sapeva che Davy sarebbe andato d'accordo con la sua famiglia. Lo avrebbero adorato, e lui gli avrebbe tenuto compagnia per tutta la sera. Simon era un buon amico, ma aveva Jen. Ian e Dylan erano fantastici, ma probabilmente erano già sgattaiolati via in cerca di ragazze. Nemmeno a loro piaceva pescare in uno stagno così vicino a casa.

Eppure, per quanto lo desiderasse, non poteva portare Davy lì. Non poteva rischiare che qualcuno lo scoprisse.

Jen mandò una palla in buca e gridò di gioia, riportando l'attenzione di Kurt sul tavolo. La donna aveva vinto – e viste le doti di Simon, probabilmente non capitava spesso.

«Ehi, Kurt. Noi andiamo,» fece il suo partner, con un braccio intorno alle spalle della moglie. «Grazie dell'invito.»

«Figurati. La mia famiglia vi adora. Sono contento che siate riusciti a venire.»

Jen lo abbracciò, e Kurt li guardò uscire; poi controllò l'ora. Mezzanotte passata. Poteva andarsene anche lui. Anche se avrebbe voluto ubriacarsi, si era fatto solo un paio di birre: poteva ancora guidare.

Salutò la famiglia – tranne Ian e Dylan, che probabilmente si erano imbucati chissà dove – e si fece strada fra la folla verso l'uscita.

Qualcuno lo afferrò per un braccio, e Kurt si irrigidì prima di accorgersi che era solo Ian.

«Dove vai? La cameriera figa ci ha invitato a una festa. Le sue amiche sono tutte spogliarelliste,» sussurrò suo fratello.

«E sono ragazzine.»

Ian lo guardò come dire *e allora?*

Dio. Una festa piena di donne aggressive come Heidi. Donne con aspettative che non poteva – non voleva – soddisfare. E il tutto sotto gli occhi dei suoi fratelli dongiovanni. Piuttosto preferiva farsi cavare gli occhi con un cotton fioc. Il suo merdosissimo, tristissimo e vuotissimo appartamento lo aspettava – insieme a una bottiglia quasi piena di vodka.

«Non stasera, Ian. Sono stanco, è stata una settimana pesante.»

«La miglior cura dopo una settimana pesante è una scopata-lampo con una bella gnocca,» sghignazzò Ian.

Kurt scosse la testa. C'era qualcosa di disperato nelle azioni di suo fratello. Forse aveva una crisi di mezza età anticipata. «Non farti sentire dalla mamma. E comunque, non ci vengo.»

«Va bene. Ci vediamo per pranzo in settimana?»

«Sì, chiamami e fammi sapere il giorno.»

Ian se ne andò, e Kurt rimase lì a chiedersi se aveva fatto la scelta giusta. Stava passando in rassegna il locale, domandandosi qual era la cameriera di cui parlava Ian, quando lo sguardo gli cadde su un uomo biondo e magro. Lo scrutò da capo a piedi: aveva un fisico e un profilo così simili a quelli di Davy che, se non fosse stato per i capelli chiari, avrebbe creduto di guardare lui. Il biondo si voltò e incrociò il suo sguardo. Si fissarono per alcuni secondi, poi l'uomo alzò un sopracciglio e si leccò le labbra, causando a Kurt un'esplosione di eccitazione nelle viscere. In pochi secondi, quel tipo era riuscito a risvegliare in lui più di quanto avessero fatto le tette di Heidi dopo diversi minuti di sosta contro il suo corpo.

Oh, cazzo.

Kurt si abbottonò la giacca e si fece strada fra la folla, verso il vento gelido e pungente di fine novembre.

CAPITOLO
DODICI

ERA troppo tardi per suonare il campanello. A parte le gioiose lucine di Natale verdi e rosse alla finestra, la casa di Davy era totalmente buia. Kurt non sapeva nemmeno perché fosse andato in macchina fin là – ma il bisogno di vedere Davy lo aveva sopraffatto, e neanche la birra era riuscito a domarlo. Tutte quelle coppie felici al Finn's – si sentiva così solo. Davy avrebbe odiato la folla, ma Kurt era stato un idiota a non invitarlo. Era un idiota per diverse ragioni – perché nessuna donna lo aveva mai fatto sentire così completo. E se il dubbio era se Davy si sarebbe integrato o meno col resto della sua vita, doveva farsi coraggio e provare a farcelo entrare. Condividere, senza insistere. Davy era ancora in via di guarigione. Non era pronto a fare quel passo – a far sapere a Davy, o a chiunque altro – del suo nuovo appetito sessuale. Non si fidava ancora. Ma coinvolgere Davy, come amico? Poteva e doveva farlo.

Kurt si sfregò le dita fredde, il fiato in nuvolette bianche.

Era una cosa stupida. Gli sembrava di essere a un appostamento, ma di solito non beveva quando era in servizio. Dio – probabilmente sembrava un ladro. Non si sarebbe stupito di veder arrivare una pattuglia a chiedergli che ci facesse lì. Nadar lo avrebbe sbattuto fuori per quella bravata –specialmente visto che non poteva spiegarla, a meno di non ammettere cose che

147

non riusciva neanche a dire ad alta voce. Cose che non era sicuro di poter ammettere nemmeno con se stesso.

Una compatta scura parcheggiò nel vialetto di Davy e spense il motore; scese un uomo basso, tutto vestito di nero.

Prima ancora di prendere una decisione consapevole, Kurt era già sceso dall'auto e stava attraversando la strada per intercettarlo. Non c'era nessun buon motivo, neanche uno, per presentarsi da Davy quando l'uomo era chiaramente a letto.

In quel momento si aprì anche la portiera del passeggero, e ne uscì proprio Davy. Kurt si fermò di colpo, come se gli avessero rovesciato un secchio d'acqua in testa; rimase gelato sul lato buio del marciapiede, a pochi passi dal vialetto, ma nessuno dei due uomini lo notò.

Sentì il freddo alle dita espandersi in tutto il corpo – ma non si trattava di una reazione fisica all'aria invernale.

Non conosceva l'uomo. Rimase in ascolto mentre conversava con Davy, e vide Davy aprire la porta di casa. Lo vide sorridere, con tanto di fossette, e un secondo dopo vide l'uomo biondo prendergli il viso fra le mani, e baciarlo.

Kurt si risvegliò dal torpore e la rabbia gli esplose nel petto, bollente come lava fusa. Schiacciò la neve sotto passi pesanti fino al portico, salì i gradini di corsa e strappò via lo sconosciuto da Davy. Il suo Davy.

Lo sconosciuto gridò e andò a sbattere contro la finestra con un rumore sordo.

Confuso, Davy fissò Kurt, che respirava affannosamente, e teneva le mani ancora strette a pugno.

«Che cazzo significa?» La voce di Kurt era irriconoscibile.

Lo sconosciuto si riprese subito. «Chi diavolo sei?»

«No, *tu* chi cazzo sei?! Cazzo, Davy, sei uscito con lui?!» Kurt non sapeva come esprimere la rabbia che lo dominava senza rischiare una denuncia per aggressione. Anche se il tipo non stava più baciando o toccando Davy, Kurt si sentiva sempre più furioso.

«Che cazzo fai, Kurt?»

«Ehi, non sapevo che avessi un ex geloso.»

«Non è il mio ex.» Le parole uscirono dalla bocca di Davy come proiettili. Kurt non lo aveva mai sentito ringhiare, e rispose con un altro ringhio.

«E allora chi cazzo è questo?»

Spostò la sua attenzione sullo sconosciuto. «Non sono cazzi tuoi.» Lo sguardo gli si fece più minaccioso, e il biondo cominciò ad allarmarsi.

«Davy, vuoi che chiami la polizia?»

«No, è lui la polizia. Va' a casa, Andrew.»

Andrew. Una nuova ondata di rabbia invase Kurt alla parola *Andrew*.

«Sei sicuro?» Andrew si mosse intorno a Kurt, a distanza, come si fa con una bestia selvatica. A Kurt non importava. Era pronto a lanciare quello stronzo giù dal portico e a ficcargli la testa in un cumulo di neve.

«Sì. Va' a casa.» Davy usò con Andrew lo stesso tono duro di prima. Bene. L'uomo se ne tornò in macchina.

Davy aprì la porta di casa ed entrò, mentre l'auto di Andrew si allontanava.

«Entra,» ordinò a Kurt. «Non ho voglia di gridare qua fuori.»

Kurt lo seguì in salotto. Davy si sfilò il cappotto e lo gettò su una sedia.

«Che diavolo ti è preso?» Il tono duro, rabbioso dell'uomo non si era affatto placato. «E togliti quegli stivali del cazzo. Stai portando la neve dappertutto.»

«Stai già uscendo con qualcuno? Come hai potuto, cazzo?» Kurt lanciò gli stivali in un angolo. Sotto sotto, nel profondo, una parte di lui aveva sperato di riuscire a chiarire quel cazzo che gli passava per la testa prima di doversi preoccupare di questo – prima che Davy ricominciasse a vedere altre persone, e non avesse più bisogno di lui.

Davy restò a bocca spalancata. «Non devo certo spiegazioni a te – ma no, non sto uscendo con nessuno, *cazzo,*» ringhiò, parodiando le parole di Kurt. «Non ancora.»

Aveva ancora sei mesi prima che Davy ricominciasse a uscire. Non dicevano così gli psicologi? Un anno di lutto? Aveva ancora sei mesi per decidere se voleva tenere Davy per sé, o liberarsi di quella stupida ossessione.

«Non ancora?» Le parole avrebbero dovuto tranquillizzarlo, ma non lo fecero. Kurt cominciò a fremere dal desiderio di mettere un po' di sale in zucca a Davy. Gli occhi dell'uomo luccicavano nel buio, riflettendo le decorazioni di Natale alla finestra. Non aveva nemmeno acceso la luce – il che era perfetto. La luce non serviva.

«Se non stavate uscendo, perché cazzo ti ha baciato?»

Davy lo fulminò con lo sguardo e lanciò gli stivali vicino a quelli di Kurt.

«Oh, Dio santo. Andrew è un amico di Jon, eravamo in un locale, e alla fine si è offerto di riportarmi a casa. È vero, ci ha provato. Ma te lo chiedo di nuovo… che cazzo c'entra con te?»

Kurt si avvicinò, cercando di sembrare minaccioso. Certo, Davy era qualche centimetro più alto, ma lui era più robusto, ed era abituato a intimidire la gente. Davy raddrizzò le spalle, ridusse gli occhi a due fessure, e non si mosse di un millimetro.

«Non mi piace.»

«Chi cazzo se ne frega. Sono affari miei, decido io con chi uscire, decido io con chi andare a letto.»

«Con chi *andare a letto*?» Kurt si sentì trafitto al ventre, come da un pugnale. Non riusciva a respirare per il dolore.

Davy lo fulminò. «Non *ancora*. Cretino.»

Il dolore si dissolse in un attimo. Kurt inspirò a fondo, pronto ad attaccare di nuovo, quando il profumo fresco di citronella di Davy, combinato con l'odore caldo, muschiato del suo sudore, gli pizzicò il naso. Il suo cazzo si risvegliò in modo quasi doloroso. Litigare era l'ultima delle cose che voleva fare con Davy.

Lo prese per le spalle strette, lo avvicinò a sé, e per la prima volta nella sua vita, spiaccicò le labbra contro quelle di un uomo.

Davy non si mosse, e Kurt assaporò l'inaspettata morbidezza delle sue labbra. Gli prese il viso fra le mani e la ruvidezza della barba sui palmi gli strappò un gemito dal profondo. Leccò la chiusura fra le labbra dell'uomo, supplicandolo di lasciarlo entrare. Per un minuto infinito, pensò che Davy non avrebbe acconsentito, invece l'uomo lo abbracciò e aprì la bocca.

Oh, Dio. Il sapore di Davy – il calore della sua bocca. Quella era roba sua, non di Andrew. Kurt lo spinse contro il divano e si buttò su di lui di peso, complice un'aggressività che non aveva mai usato – mai sentito il bisogno di usare – con una donna.

Un'ultima spinta ed era sopra Davy, cazzo contro cazzo, bocca contro bocca. Sentì un gemito, e si chiese se fosse suo. Sentir premere un'erezione contro la sua, sentir spingere dei fianchi contro i suoi... era nuovo, e incredibilmente eccitante. Non era mai stato così fisicamente vicino a una donna; e come avrebbe potuto? I muscoli sodi di Davy si incastravano coi suoi come se fossero stati fatti apposta. Il bacio si fece più dolce, e l'attenzione di Kurt oscillò dalle sensazioni nuove, contrastanti, alla disperazione con cui il suo cazzo esigeva più pelle, più pressione, più contatto.

Davy si aggrappava a lui, lo spingeva via, gli infilava la lingua in bocca – sembrava una battaglia, non un bacio. Kurt non avrebbe mai detto che una lotta alla pari potesse essere così eccitante.

Davy si scollò da lui, ansimante. «Che cazzo fai?»

«Ti bacio.» O meglio, ti divoro.

«Perché posso baciare te, ma non Andrew?»

Le parole erano beffarde, non semplici domande.

Kurt tornò a infuriarsi e strattonò Davy per i capelli, riportandogli la bocca a pochi millimetri dalla sua. «Sei mio,» ringhiò, prima di rificcargli la lingua in bocca.

Ma Davy non aveva intenzione di arrendersi; si tirò indietro e gli morse il labbro. Kurt si fermò per il dolore, anche se non era del tutto sgradevole.

«Stronzate.» L'altro lo guardò minacciosamente, ma spinse i fianchi in avanti. Kurt sussultò per la frizione sul cazzo.

Di colpo la stanza si capovolse. Davy approfittò della sua distrazione: Kurt si ritrovò senza fiato sul pavimento, la caduta attutita solo dal tappeto. Sopra di lui, Davy lo fissava coi capelli scuri spettinati, le labbra gonfie, il viso arrossato. Prima di quella sera, Kurt non si era mai visto rivolgere sguardi lussuriosi da un uomo – non che sapesse, almeno – ma era impossibile fraintendere l'emozione che accendeva gli occhi di Davy. E non aveva niente di tenero o femminile.

Davy si tirò su, sbottonò i jeans di Kurt e glieli tirò giù. Il cazzo di Kurt spuntò fuori, impaziente – e in un secondo si ritrovò avvolto dal calore umido di quella bocca, tanto brava a baciare. Kurt gridò, inarcò i fianchi, e cercò di infilarsi fino in fondo nella gola capace di Davy.

Davy succhiò, lo leccò e lo mordicchiò – lo assalì e lo rese inerme. Nessuno gli aveva mai succhiato l'uccello con tanto entusiasmo e tanta maestria. Dio santo.

Kurt sentì il cazzo sgusciar fuori, e si sporse a guardare in basso. Perché Davy si era fermato?

Con un sorriso diabolico, l'uomo strisciò su e gli sfilò il maglione dalla testa, lasciandoci dentro le braccia, mentre con la lingua tracciava linee sul torace esposto. Kurt si dimenò per sfilare le braccia dalle maniche. Quando sentì una mano sul cazzo e labbra sul capezzolo, divenne ancora più disperato.

D'un tratto, però, Davy interruppe ogni contatto. Lo guardò negli occhi con un'espressione seria, che parlava di eccitazione ma anche di rabbia. «No. Se vuoi che continuiamo, devi stare fermo così.»

Dio, perché l'idea sembrava così allettante? Avrebbe fatto qualunque cosa purché Davy lo toccasse. Cercò di restare immobile, ma non riusciva a evitare di muovere i fianchi, in cerca della mano di Davy.

Fissò l'uomo negli occhi. Non era pronto a… ecco, a supplicare. Ma Davy dovette capire comunque, e gli rivolse un sorriso non propriamente di gioia. Quelle fossette avevano un aspetto diabolico – e delizioso. Due secondi dopo erano entrambi nudi – a parte il maglione che impediva a Kurt di toccare Davy.

Nudo – con un altro uomo. Non era mai stato così vicino al cazzo eretto di qualcun altro, e d'un tratto l'enormità della situazione si aprì come un abisso invitante ai suoi piedi. Il suo uccello non aveva ripensamenti, ma il respiro di Kurt si fece ansimante – un po' troppo ansimante – per essere solo eccitazione. Nonostante questo, non riusciva a levare gli occhi da Davy. O dal suo cazzo. Era lungo, più lungo del suo, ma più sottile, proprio come Davy. Si ergeva rosso contro la pelle pallida della pancia e delle cosce, incorniciato da una macchia di peli scuri – attirava lo sguardo.

La punta era bagnata. Il cazzo di Kurt pulsò, in risposta, ma i suoi respiri si fecero troppo frequenti e l'uomo cominciò a sentirsi male, finché Davy non rimise la bocca sul suo uccello, succhiandolo con forza, quasi fosse una punizione – e il mondo tornò al suo posto. Davy si ritrasse e prese a leccargli la punta con movimenti circolari. Kurt non aveva mai visto quella tecnica. Vide l'uomo allungare il braccio verso il cassetto del tavolino accanto al divano.

Quando Davy si spostò fra le sue gambe, Kurt le spalancò subito, manco fosse abituato ad avere un uomo inginocchiato lì. Ma adorava le cose incredibili e peccaminose che la bocca di Davy stava facendo al suo cazzo. Sentì un CLIC in mezzo ai respiri affannosi, ma non capì cos'era finché non sentì un dito freddo e bagnato premergli sull'ano. Lubrificante. Se non avesse già provato a toccarsi lì, e non l'avesse trovato sublime, si sarebbe irrigidito. Forse avrebbe dovuto irrigidirsi comunque, ma era completamente andato, e preferiva che fosse Davy a prendere il controllo. Allargò le cosce ancora di più, e gli sfuggì un gemito.

Davy gemette a sua volta, e Kurt sentì le vibrazioni dell'aria sui testicoli. L'uomo prese a muovere il dito avanti e indietro, e Kurt mosse i fianchi con lo stesso ritmo – non poteva far altro per ottenere un orgasmo.

Ma Davy non era pronto a lasciarlo venire; gli infilò dentro un altro dito, smettendo al contempo di succhiarlo. Kurt sussultò di fronte al bruciore inaspettato. Non era esattamente sgradevole, ma allontanò l'orgasmo imminente. Non riuscì comunque a smettere di muovere i fianchi.

«Sì, così,» mormorò Davy.

Aggiunse un altro dito, e Kurt gridò e si immobilizzò. Stavolta il bruciore era forte, intenso. Perché Davy faceva così? Kurt aprì la bocca per dirgli di smettere, ma Davy si lasciò di nuovo cadere con le labbra sulla punta del suo cazzo, e intanto col dito toccò qualcosa dentro di lui.

«Dio,» finì col dire Kurt. E, un secondo dopo, «Ancora, ti prego, ancora.»

Davy sollevò la testa, le labbra umide che luccicavano nella semioscurità, le dita ancora infilate nel culo di Kurt. Allontanò la mano con un ghigno.

Vuoto – così vuoto. Kurt gemette e guardò Davy, corrucciato. «Avevo detto *ancora.*»

«Ti lamenti?» Davy gli fu sopra in un lampo, e lo interruppe con un bacio. Stavolta la bocca aveva un sapore più salato, e Kurt si accorse con un brivido che era il sapore del suo sperma.

Poi la sua richiesta venne esaudita, senza che Davy smettesse di baciarlo. L'uccello dell'uomo premette contro il suo ingresso, e la punta scivolò subito nell'ano dilatato. Kurt dimenò le braccia, ancora intrappolate sopra la testa. Si sentì sopraffatto dal panico, e dal desiderio, e non poteva gridare, non poteva esprimere la paura, il dolore, il piacere – non poteva perché Davy continuava a baciarlo. Avrebbe voluto strillare, strepitare, gemere, ma non poteva far altro che accettare la doppia, inarrestabile marcia di Davy dentro il suo corpo.

Alla fine, Davy si fermò. Aveva il cazzo completamente dentro Kurt, ma lo sovrastava immobile. Sembrava un angelo vendicatore, e Kurt gli lesse negli occhi qualcosa di selvaggio – nonché il bisogno di muoversi.

Kurt ansimò, cercando di assimilare le sensazioni e le emozioni che lo bombardavano. Sentiva fra le gambe la pressione sconosciuta di muscoli duri, fianchi ossuti, e peli arricciati. Il peso leggero dei testicoli contro i glutei lo solleticava appena. Non si era mai sentito così vulnerabile durante il sesso. Quando strinse con l'ano il cazzo dentro di lui, sia lui che Davy gemettero. Era così piacevole, così incredibilmente giusto.

Davy tirò fuori il cazzo quasi del tutto prima di spingerlo ancora dentro. L'uccello di Kurt era tutto bagnato. «Ancora,» sussurrò.

Un mugolio strozzato gli sfuggì dalle labbra mentre Davy incominciava a muoversi con ritmo, il suono della carne eccitante quasi quanto il membro duro che continuava a entrargli dentro, a strofinargli la prostata, a tormentarla. Kurt si sentì spingere oltre, sempre più vicino all'orgasmo. Davy lo sbatteva con una forza che non avrebbe mai immaginato, ma non voleva che si fermasse.

«Ti prego, oh, ti prego.» Gli mancava così poco… supplicare sembrava il modo più veloce per ottenere quello che voleva. E voleva venire. Sembrava che i testicoli stessero per esplodergli dal piacere.

Davy gli afferrò il cazzo e lo strofinò allo stesso ritmo frenetico con cui lo stava penetrando. Kurt inspirò a fondo, gemette, e venne, lo sperma che schizzava sulla pancia e sulla mano di Davy. Questi sollevò il viso e continuò a scoparlo, mentre Kurt si contorceva in modo quasi selvaggio.

Poi spinse il cazzo più a fondo che poteva.

«Oh, cazzo.» Le parole si fusero in un gemito, e Davy venne. Kurt si sentì riempire da qualcosa di bagnato e caldo, e vide l'uomo tremare sopra di lui, con gli occhi chiusi.

Poi Davy gli collassò addosso, ansimante. Kurt inspirò a fondo, per godersi i postumi dell'orgasmo. Non aveva mai fatto sesso così. Non era mai stato così fantastico. Ignorò volutamente le implicazioni di quel pensiero. Avrebbe avuto tempo per preoccuparsene più tardi, dopo essersi ripreso. Riuscì facilmente a districarsi le braccia dal maglione – ora che il desiderio non gli offuscava più il cervello – e poté godersi la pelle liscia di Davy sotto i palmi. Gli accarezzò la schiena sudata, e ricordò come, mesi prima, quelle stesse ossa fossero state evidenti e spaventose. Le stesse sporgenze, adesso, erano appena visibili e decisamente sexy.

Kurt si spostò per baciare la tempia di Davy, ma fece a malapena in tempo a sfiorargli la pelle che l'uomo si alzò di colpo. Si fermò come durante un sollevamento, e guardò il punto dove erano ancora uniti. Estrasse con facilità l'uccello dal corpo di Kurt, e tornò a guardare questi in volto, con uno sguardo... schifato. Non c'era un'altra parola per definirlo. Kurt allungò la mano, ma Davy scappò via e cominciò a vestirsi, gli occhi fissi sul pavimento.

«Devi andartene, Kurt.»

«Cosa? Perché?» Kurt si tirò su i jeans, sforzandosi di ignorare il liquido vischioso che sentiva fra le cosce. L'atmosfera nella stanza era cambiata completamente. Non sapeva bene il perché, ma sentiva che sarebbe stato meglio affrontarla coi vestiti addosso. Di qualunque cosa si trattasse, di certo non aveva il tempo di farsi una doccia. Non era un buon segno che Davy evitasse il suo sguardo.

«Vattene. Non avremmo dovuto.»

«Che cazzo dici?» Prese Davy per le spalle e tentò di baciarlo. Stavolta, però, Davy gli resistette sul serio, e Kurt si tirò indietro. L'ultima cosa che voleva era ferirlo.

«Sparisci, cazzo!»

«Davy, scusami, ma perché? Non ti è piaciuto?» Ti prego, fa' che gli fosse piaciuto. Per Kurt era stata la cosa più bella del mondo.

Davy aprì la bocca. La richiuse. Arrossì di rabbia, e cercò di tirare un pugno a Kurt. Non lo beccò – Kurt aveva riflessi troppo buoni – ma bastò a sconvolgerlo.

Davy si allontanò, gli occhi pieni di lacrime. «Non dovevamo farlo. Non sono pronto. E anche se lo fossi, non ti prenderei mai in considerazione.»

La vita di Kurt era stata stravolta grazie all'incontro con Davy – e ora, in poche parole, l'uomo la stava facendo a pezzi. Kurt sentì il sangue fluirgli alle tempie, e anche se avrebbe voluto colpire Davy, tirò invece un pugno al muro. Una parte del suo cervello realizzò che l'indomani avrebbe avuto un male atroce alle nocche, ma al momento non gli importava.

«Perché no?!»

«Perché non esiste che mi metta a uscire con un altro poliziotto represso del cazzo! Ho passato dieci anni a nascondermi, e non ci torno a quella vita! Ho perso così tanto! Mai più!» Il dolore di Davy investì

Kurt come uno schiaffo. Nello stato di intontimento post-orgasmico, aveva dimenticato che l'uomo era ancora in lutto.

«Davy, io non sono Ben. E probabilmente questo non è il momento migliore per dirtelo, ma ti farebbe bene parlarne con qualcuno...»

Un libro gli passò a due millimetri dalla testa, mettendolo a tacere.

«Vaffanculo. E tu, allora? Cosa facevi là fuori, ad aspettarmi? Cosa sei, uno stalker?»

«Non stavo aspettando. Passavo di lì dopo la festa di compleanno di mio fratello.»

Davy strinse le labbra. «Ecco... mi hai forse presentato alla tua famiglia? Hai parlato di me a qualcuno? Sanno che siamo amici?»

Kurt non sapeva come rispondere, ma a quanto pareva il suo silenzio era già una risposta.

«Appunto,» sputò Davy. «Proprio come quello stronzo di Ben. Finché siamo soli va tutto bene, ma Dio non voglia che qualcuno sappia che siamo *amici.*» Davy pronunciò l'ultima parola con acidità.

«Lo sanno Simon e Jen.»

«Sì, e me li avresti presentati se non si fossero auto-invitati al nostro tavolo? Non credo proprio. Cazzo, non so nemmeno dove abiti – non mi hai mai invitato a casa tua. Hai paura che i vicini mi vedano?» Davy gli lanciò contro un altro libro.

«Non è affatto vero.» Non lo era.

«No, infatti, adesso vuoi che diventiamo *scopamici* di nascosto.» Kurt si sentì spellare il cuore per l'amarezza, ma non riuscì a biasimare Davy. Quello che avevano fatto era troppo bello per applicarci un'etichetta così brutta.

«Non è vero. Io...»

«Tu... cosa? Sei gay, adesso? Lo dirai ad amici e parenti? Quelli che non sanno nemmeno che esisto? Ammetterai che hai baciato un uomo? Che l'hai scopato? E ai tuoi colleghi poliziotti? Pensi che gli starà bene lavorare con una checca? Ben pensava di no.»

Kurt non sapeva come rispondere alla raffica di domande. Erano finiti a fare sesso prima che avesse il tempo di ragionare bene su tutto, e anche se non se ne pentiva, non sapeva come rispondergli. Non sapeva nemmeno se era gay o solo curioso. Ma quelle parole crudeli gli strapparono via ogni stralcio di gioia rimasto, per rimpiazzarlo con la disperazione.

«Voglio solo aiutarti. Ti prego.»

«Non mi serve il tuo aiuto del cazzo. Smettila di cercare di prenderti cura di me. So farlo da solo. E non mi servi tu. Adesso esci da quella porta e sparisci. E non tornare – o chiamo la polizia.»

Davy corse in camera da letto e si sbatté la porta alle spalle.

Kurt rimase lì sconvolto, col maglione in mano. Voleva seguire Davy, ma non sapeva cosa dirgli. Una piccola parte di lui voleva persino ferirlo come Davy aveva ferito lui. Ma non poteva rischiare di farlo arrabbiare ancora di più. Il senso di vuoto lancinante che sentiva dentro lo rendeva... imprevedibile. Respirò a fondo, sforzandosi di soffocare il dolore al petto e il desiderio di polverizzare qualcosa.

L'ossigeno non bastò a schiarirgli le idee. Aveva bisogno di tempo, per calmarsi. Per quanto stupendo fosse stato fare sesso con lui, forse Davy aveva ragione: forse era stato un errore. Si rimise il maglione, anche se era al contrario. Forse le parole di Davy gli avrebbero fatto passare l'infatuazione.

Si chiuse la porta alle spalle e corse alla macchina, rabbrividendo quando le sensazioni del corpo gli riportarono alla mente le ultime attività.

LAVATE via le prove della notte, Kurt si appoggiò con le braccia al mobile del bagno. Inspirò a fondo prima di provare a specchiarsi. Non c'era nulla di diverso in lui. Niente insegne giganti al neon sopra la testa a indicare che si era fatto scopare da un uomo. Il rossore vago sul mento causato dalla barba di Davy sarebbe sparito prima del mattino.

Rise amaramente, sorprendendosene. Aveva perso la verginità, ed era accaduto tutto così in fretta. Avrebbe fatto volentieri a meno del litigio, e… Merda. Davy non diceva sul serio, vero? Era solo arrabbiato. Non voleva davvero tagliare i ponti con lui, vero?

Kurt aveva paura. A cosa avrebbe portato tutto quello? Non si era mai sentito così insicuro di qualcosa in tutta la sua vita. Avrebbero di nuovo fatto sesso? Gli andava bene? Buon Dio, poteva smettere di desiderarlo?

Guardandosi dritto negli occhi, sussurrò, «Sono gay.»

Si sentì rimestare lo stomaco.

«Sono gay,» disse più forte, e immaginò di ripetere le stesse parole a sua madre. Si sentì sudare le mani.

Immaginò di dirlo a suo fratello Ian. Il respiro gli si fece affannoso.

Suo padre. Con la tachicardia, si aggrappò al lavandino mentre la vista gli veniva meno.

«Non posso. Non posso essere gay. Non *sono* gay.»

Dopo qualche brivido, andò in cucina a prendere la vodka. Ce n'era abbastanza per cancellare i ricordi – almeno temporaneamente. Non voleva ricordare Davy che lo scopava. Non adesso. Non voleva rischiare di eccitarsi pensando a un uomo che odiava quello avevano fatto. Kurt avrebbe dovuto trovarlo detestabile, e anche Davy. Avrebbe dovuto sentirsi violato.

E invece non si sentiva così. Ancora adesso, il bruciore era un ricordo piacevole del miglior orgasmo della sua vita. Ma non sapeva come gestire le implicazioni.

Perché non poteva essere gay.

CAPITOLO
TREDICI

ORMAI erano passate più di due settimane. Kurt non era mai rimasto così a lungo senza vedere Davy. Si appoggiò allo schienale della sedia e fece ruotare il cellulare. Sulla scrivania, la cartella dell'ultimo caso reclamava invano la sua attenzione da ore.

Davy aveva tagliato i ponti. Già prima non parlavano spesso al telefono, ma ora anche gli SMS si era interrotti. Un paio di volte, in occasione delle partite in TV, Kurt era arrivato fino a casa dell'uomo, ma l'aveva trovata buia e deserta – tutto spento, persino le luci di Natale.

Per quanto fosse forte la tentazione di sedersi ad aspettarlo, per vedere se sarebbe rientrato di nuovo con Andrew – e, nel caso, per spaccare la faccia a quest'ultimo – Kurt era riuscito a resistere. Sperava ancora che tutto potesse tornare come prima; ma ogni giorno quella speranza si affievoliva un po' di più.

Nemmeno lui aveva chiamato o mandato messaggi. Le domande difficili che Davy gli aveva posto continuavano a ronzargli in testa, in un circolo infinito. Quando era solo si facevano più insistenti, ma con la vodka riusciva a zittirle. Era atroce, ma non si sentiva in diritto di chiamare l'uomo finché non avesse saputo cosa rispondergli. E tuttavia, sperava fosse Davy a cedere.

Sedici giorni. Moriva dalla voglia di sapere se stava bene. Disprezzava Kurt, adesso? O non ne sentiva affatto la mancanza? Forse Kurt non aveva lasciato un buco gigante nella vita di Davy, come quello che Davy aveva lasciato nella sua.

Un sospiro più intenso richiamò l'attenzione di Simon, che stava stendendo un rapporto alla sua scrivania. Kurt aveva rinunciato a tenere i rapporti aggiornati – non riusciva a concentrarsi – e Simon si era messo a farlo al posto suo, senza fiatare.

«Sicuro che non vuoi venire a cena da noi stasera? Jen chiede di te.»

«No, grazie. Non sarei di compagnia.»

Simon strinse le labbra senza parlare e tornò ad occuparsi del rapporto. Kurt gli fu grato per il sostegno incondizionato. Avrebbe dovuto accettare l'invito. Cenare da Simon, con o senza altri loro amici, era diventata un'abitudine settimanale. Una tradizione. Kurt provava un piacere masochistico nel tornare a casa ogni sera al proprio appartamento vuoto. Beveva, guardava la tele, teneva il telefono a portata di mano e fingeva di non aspettare che Davy lo chiamasse.

«Magari la settimana prossima,» propose. Magari la settimana prossima sarebbe riuscito a fingere di essere felice.

Simon gli rispose con un sorriso veloce, ma il suo sguardo gli suggerì di farsi passare in fretta il problema, o Simon avrebbe preteso spiegazioni.

Christa si appoggiò alla sua scrivania, inondandolo di un profumo fiorato troppo forte.

«Ciao, Kurt.»

«Ehi, Christa. Come posso aiutarti?» Kurt aveva imparato a non chiederle cosa volesse; non le piaceva lo sguardo da femmina in calore che otteneva in risposta.

«C'è posta per te.» Christa gli porse una busta bianca, formato standard, con l'indirizzo scritto a mano.

«Grazie.» L'indirizzo del mittente era quello di Davy. E Christa non sembrava intenzionata a sloggiare, anzi; lo guardava curiosa, in attesa.

«Non la apri?»

Che problema aveva? Okay, a Kurt non capitava spesso di ricevere lettere qui, però – come Davy stesso aveva sottolineato – l'uomo non sapeva dove abitasse. In quanto poliziotto, Kurt si era accertato che il suo indirizzo non fosse rintracciabile semplicemente cercando su internet.

«Nah, non è niente.» Kurt si infilò la busta nella tasca del cappotto, e riprese a guardare il monitor del PC. Christa si rassegnò e tornò alla sua scrivania.

Kurt aveva la pelle d'oca. Il desiderio di aprire la busta era più forte del bisogno di respirare. Ma anche se Christa aveva distolto lo sguardo, c'era Simon che lo fissava. O il suo capo. O quel tizio dell'antidroga, Ivan, che era gay come lui. No, non *come lui*.

E poi, perché lo fissava? Emetteva forse segnali percepibili al gay-radar? O era solo più sensibile? O… merda… che Ivan conoscesse Ben?

Le ultime due settimane al lavoro gli avevano aperto gli occhi. Ora che ci faceva caso, sentiva abbastanza insulti e frecciatine da capire che non tutti erano tolleranti verso i poliziotti gay. Guai se ne fosse giunta voce a Nadar, ma questo non fermava alcuni di questi stronzi – perlomeno era tutta gente che Kurt già detestava. In ogni caso, qualsiasi ammissione da parte sua lo avrebbe etichettato come "uno di quelli". Non voleva essere "uno di quelli".

Ivan si avvicinò e si chinò per sussurrargli all'orecchio: «Ehi, ho pensato che volessi saperlo.

Stiamo per prendere Novi.» La voce era bassa, ma udibile.

Kurt ci mise un istante a capire che Ivan non gli stava facendo una proposta indecente lì di fronte a tutto il distretto.

«Ah, sì?» Si rilassò.

«Sì. Non dirlo in giro. Non dovrei parlarne con nessuno, ma ho pensato che tu dovessi saperlo. Lo prenderemo, quel figlio di puttana.»

«Grazie, lo apprezzo molto.» Ed era la verità. Kurt non aveva mai avuto molte occasioni di parlare con Ivan, ma lo riteneva un brav'uomo. Non si meritava la merda che certa gente gli faceva mangiare.

Cazzo. Kurt si dondolò sulla sedia, giocherellò con le biro, fece scorrere la lista delle e-mail, senza guardarle. Che cosa c'era in quella cazzo di busta?

Simon lo scrutò con sospetto. «Qui ho quasi fatto. Prendo un caffè e poi possiamo andare. Ne vuoi uno?»

«Certo.» Il caffè non si sposava bene con la vodka che prendeva per dormire la notte; ma visto che più che di "dormire" si trattava di "svenire", gli serviva il caffè. Anche il cibo non si sposava bene con l'alcool; non ricordava di aver mangiato.

Simon se ne andò, e per una volta, Christa stava guardando altrove. Kurt si mise in modo da non farsi vedere, e tirò fuori la busta di soppiatto. Ogni minuscolo strappo sembrava risuonare come uno sparo, ma il cicaleccio della stanza avrebbe coperto i rumori incriminanti.

Dentro la busta, piegato, c'era un singolo foglio di carta. Kurt lo aprì, ma ci mise qualche secondo a capire cosa stesse leggendo.

Analisi del sangue. Una copia delle analisi del sangue di Davy... datate due giorni dopo quella sera. Esito negativo.

Sentì l'acido risalirgli lo sterno. Non aveva mai pensato a quello che avevano fatto dal punto di vista medico – mai, nemmeno una volta. E cazzo se avrebbe dovuto. Appallottolò il foglio e lo rimise in tasca.

Si rese conto di quanto era stato imprudente, e si sentì come una boa sballottata nel mare in tempesta. Lo stomaco gli si rimestò di nuovo.

Si alzò di scatto e corse in bagno, e riuscì appena a chiudersi in uno stallo prima di svuotare lo stomaco nel WC.

Non che ci fosse molto da rimettere; dal compleanno di Mike, aveva a malapena toccato cibo. Ma non riusciva a smettere di vomitare.

Sentì dei passi affrettati in bagno, e la porta che veniva chiusa a chiave.

«Accidenti,» fece Simon, alle sue spalle. «Vuoi che chiami un medico?»

«No,» riuscì a dire Kurt fra un conato e l'altro.

Alla fine, esausto, si accasciò contro il metallo freddo delle pareti. Alzò debolmente un braccio per tirare l'acqua. Simon era sparito, ma fu di ritorno con un asciugamano di carta bagnato. Kurt si pulì la faccia e lo gettò nel water.

«Sono due settimane che hai una pessima cera. Dovresti stare a casa a riposare, e disfarti di questo virus.»

Virus. Kurt sarebbe scoppiato a ridere, se non avesse avuto così male alla pancia. Si limitò ad annuire.

«Vuoi che ti porti a casa? Che chiami uno dei tuoi fratelli? »

Oh, cazzo – no. L'ultima cosa che voleva era la famiglia in agitazione. Doveva stare da solo.

Esplosione a parte, si ammalava raramente – aveva un sacco di permessi arretrati.

«Hai ragione, vado a casa. Ma non chiamare nessuno, ce la faccio a guidare.»

«Sicuro?»

Simon lo aiutò ad alzarsi, e Kurt barcollò fino al lavandino.

In effetti aveva un aspetto orribile. Si sciacquò la bocca, e Simon riaprì la porta.

«Ehi, puoi farmi un favore?»

«Tutto quello che vuoi. Lo sai che ci sono sempre, vero?»

Quante volte Kurt aveva detto a Davy la stessa frase? Si morse un labbro per combattere il dolore.

«Puoi prendermi la giacca e portarmela alla macchina? Preferirei non tornare di là.»

«Certo. Va' pure, ti raggiungo subito.»

«Grazie.»

Per un attimo sembrò che Simon volesse abbracciarlo, ma poi, per fortuna, si fece da parte per lasciarlo uscire.

Quel pomeriggio, dopo una lunga sosta al negozio di alcolici, Kurt si sedette con un bicchiere di vodka e mandò un messaggio a Davy.

E un altro, dieci minuti dopo.

E un terzo, dopo qualche altro bicchiere di vodka. Quando alla fine decise che Davy non gli avrebbe risposto, chiamò in centrale per prendersi una settimana di malattia, sperando di poterla trascorrere a casa, nascosto, senza allarmare la sua famiglia.

ERA in macchina con Simon, diretto all'ultima scena del crimine, quando il telefono gli segnalò l'arrivo di un SMS. Dopo settimane, sperava ancora che fosse

Davy. Ma lui non aveva mai risposto alla raffica di SMS, o ai messaggi che Kurt aveva preso a lasciargli in segreteria dopo aver ricevuto le analisi del sangue. Nemmeno una volta. Kurt era passato da lui un paio di volte, e aveva trovato l'auto nel vialetto. Il coraggio del primo giorno l'aveva abbandonato completamente. Davy non voleva più vederlo.

Continuava a mandargli un SMS al giorno, anche se sapeva che era stupido. E ogni volta che riceveva un messaggio, una parte di lui continuava a sperare. Pregava che fosse Davy.

Stavolta era sua madre, che lo tormentava.

«Simon, tu e Jen volete venire da noi per la cena di Natale? Hai detto che quest'anno non andavi dai tuoi.»

«Devo chiedere a Jen, ma… la cena di Natale? Con tutti voi? Sei sicuro che tua madre voglia altre persone? O la fate al Finn's?»

«Giammai. Mamma non tollererebbe una cena di Natale al pub. Ma non saremo così tanti… solo i figli maschi e la famiglia di Mike. Le gemelle vanno a sciare con Mark, Evan e i bambini, ed Erin è dai suoceri.»

«Okay, allora. Jen e io pensavamo a una cena tranquilla, ma sono sicuro che le piacerebbe venire.»

Kurt inoltrò a sua madre la risposta di Simon. Questa gli rispose subito, e Kurt dovette scriverle – con fermezza – che non avrebbe portato nessuna fidanzata. Dio. Che faccia avrebbe fatto sua madre se avesse portato a casa un uomo? Come si poteva uscire con un uomo senza che ti pestassero o ti prendessero in giro? Era troppo vecchio per imparare nuove abitudini, nuove regole? Ma queste erano preoccupazioni per molto, molto dopo. Doveva ancora abituarsi all'idea di aver perso Davy e al desiderio di uscire con gli uomini, senza tormentarsi sulla fase successiva.

E poi, la cena di Natale era speciale. Avrebbe potuto portarci Davy, ma non un uomo o una donna qualunque.

IAN passò lo strofinaccio sul bancone del bar. «Non posso credere che ci abbiano costretto a lavorare in una delle serate più piene dell'anno.»

Il giorno di San Valentino era da sempre una serata affollata; ma quest'anno, per festeggiare il quarantacinquesimo anniversario di nozze, i suoi avevano deciso di fare una promozione speciale. Il che significava il triplo della gente.

«Ehi, poteva andare peggio. Potevano farci sparecchiare i tavoli. Dio, non mi manca per niente.» Kurt sistemò altre bottiglie. Non gli era sfuggito che lui e Ian erano i soli della famiglia a lavorare, quella sera.

«Hai un appuntamento?» Questo poteva spiegare il malumore di Ian.

«Mi prendi per il culo? Innanzi tutto, ci sono modi più economici per infilarsi nelle mutande di una donna. E poi, se chiedi a una di uscire a San Valentino, penserà che fai sul serio.» Ian sbuffò e scosse la testa, come se Kurt fosse stato il più ingenuo del pianeta.

Valeva lo stesso per gli uomini? I gay festeggiavano San Valentino? Non ne aveva idea. Aveva comunque comprato una rosa rossa per lasciarla sui gradini di Davy, quel pomeriggio. Cautamente, aveva scelto un orario in cui l'uomo non fosse in casa; non voleva sapere se usciva con qualcuno. Non osava immaginare che avesse un appuntamento.

Che cosa patetica. Patetica e stupida – sia il regalo, sia l'incapacità di affrontare Davy da uomo. Come tutta la sua vita. Aveva ridotto gli SMS da giornalieri a settimanali, ma non era ancora riuscito a dire quello che Davy voleva sentire – che era pronto a raccontare a tutti la verità su di loro.

Invece, era tutta la sera che ogni tanto si faceva un bicchierino di nascosto, cercando di ammazzare la tortura di una sala piena di coppiette innamorate.

«Dylan dovrebbe essere con noi,» disse Ian.

«Lo so. Sono rimasto scioccato quando ha portato la sua ragazza alla cena di Natale. Tu ne sapevi nulla?»

«Nulla. Probabilmente temeva che gliela portassi via.» Ian fece uno sguardo allusivo, e scoppiò a ridere.

«Dylan è un tipo riservato.»

«Come te.» Il viso stretto di Ian si fece improvvisamente serio, e Kurt si sentì mancare l'aria.

«Che... che vuoi dire?»

«Ci stai evitando, e sembri... morto di fame. Va tutto bene?»

Kurt strinse le labbra. Era proprio per questo che li evitava: lo conoscevano troppo bene. Natale aveva rischiato di essere un inferno, ma senza le sorelle, restava solo sua madre che potesse accorgersi di qualcosa. E a Natale non aveva ancora perso tutti quei chili.

La donna lo aveva comunque trascinato in cucina per fargli la stessa identica domanda di Ian.

«Tesoro, stai bene? Sei malato?»

Kurt non era riuscito a guardarla negli occhi. Temeva che lei avrebbe capito – sua madre sembrava sempre conoscere i segreti di tutti. Non poteva lasciarle scoprire anche questo – per nessun motivo al mondo.

«Oh, tesoro, è quella ragazza? Ancora niente?» Sua madre l'aveva abbracciato forte, la testa che gli arrivava appena alle spalle. Kurt era riuscito ad asciugarsi le lacrime prima che la donna lo lasciasse andare.

«Mamma, non c'è nessuna ragazza.» Kurt aveva sperato che la donna non interpretasse la frase nel modo alternativo, corretto. Forse quella era la cosa più vicina alla verità che sarebbe mai riuscito ad ammettere.

«Beh, stasera devi mangiare. Non ti permetto di ridurti pelle e ossa per una ragazza chiaramente priva di buon senso. E poi, se non si rende conto di quanto tu sia straordinario, allora non è la donna giusta per te.»

Giusta per lui. Le parole gli avevano causato un dolore alle viscere ancora più profondo. Quella sera aveva mangiato, si era sforzato di essere normale, era tornato a casa, si era ubriacato e in capo a qualche ora aveva rimesso tutto. Stava diventando un'abitudine, ma non riusciva a smettere. Era come un treno lanciato a tutta velocità sul binario sbagliato.

LO SCHIAFFO di un asciugamano bagnato sul braccio lo riportò al presente. «Che cazzo fai?»

Ian lo scrutò da vicino. Kurt non riusciva a ricordare se aveva messo il collirio o meno. Anche quella – il collirio per nascondere il rossore – era diventata un'abitudine. «Ti ho chiesto se va tutto bene, e sei caduto in trance. Che ti succede?»

«Non succede niente. Che cazzo vi prende a tutti? Non posso avere una brutta giornata, ogni tanto?» Kurt lanciò il bicchiere nel lavandino, mandandolo in mille pezzi. Suo fratello strabuzzò gli occhi. Kurt sapeva che se ne sarebbe pentito in seguito, ma lo spinse via e si diresse sul retro. Ormai l'ora di punta era passata, e i clienti erano più interessati a tornare a casa a scopare come conigli – Dio santissimo – piuttosto che a bere. Quel bastardo impiccione di Ian poteva sbrigarsela da solo.

Un piccolo rimorso spuntò a rodergli la coscienza, ma non era abbastanza rumoroso da zittire il richiamo irresistibile della sua cucina, appena rifornita di vodka. In quel merdosissimo appartamento avrebbe potuto bere fino a dimenticare. Almeno per qualche ora.

KURT bussò all'ufficio dell'ispettore Nadar.

«Avanti.»

Si chiuse la porta alle spalle, e si sedette. Quando era arrivato in stazione, quella mattina, correvano già diverse voci, per cui sospettava il motivo di quella chiamata.

«O'Donnell, so che gli ultimi nove mesi e mezzo non sono stati facili per te.»

Kurt trattene a stento una risata beffarda.

«So che avresti voluto partecipare alle indagini sulla morte di Ben, ma eri troppo coinvolto, e una volta compreso che il movente era legato a un caso dell'antidroga... beh, era giusto passare a loro la faccenda. Ma ormai è acqua passata.»

A Kurt non importava un fico secco – non se le voci erano vere. Non capiva perché Nadar girasse intorno a certi argomenti e fosse invece maledettamente diretto con altri.

«La squadra mandata ad arrestare Viktor Novikov ieri notte è stata attaccata, e gli agenti si sono visti costretti a rispondere col fuoco.»

Per mezzo secondo Kurt non capì che Nadar stava parlando di Novi, l'Orso Russo.

«Novikov è deceduto stamattina presto in ospedale. Non c'è dubbio che fosse il responsabile della morte di Ben.»

Anche se rimase immobile, col viso neutrale, una gioia oscura invase Kurt. Buon San Valentino del cazzo, con un giorno in ritardo. L'Orso aveva avuto quel che si meritava – anche se Kurt avrebbe preferito spargargli di persona. Ma aveva una domanda importante:

«Signore, ha informato...»

«La famiglia di Ben? Sì, appena l'ho saputo.»

«La ringrazio. Voleva dirmi altro?»

«Vorrei che ti prendessi il resto della settimana libero, per digerire la notizia.»

Kurt fece spallucce e lasciò l'ufficio di Nadar.

«Ehi, stai bene? Ho appena saputo.» Simon gli venne incontro.

«È tutto a posto. Nadar mi vuole a casa fino a lunedì.»

«Credo che sia una buona idea. Chiamami se hai bisogno.»

Una buona idea. Kurt non voleva andare a casa. Stava iniziando ad odiare il suo appartamento, e non poteva andare al Finn's o dai parenti – lo avrebbero asfissiato. Almeno però ora Davy avrebbe avuto un po' di pace, e senza passare dal processo. L'idea lo confortava. Egoisticamente, aveva pensato che con un processo avrebbe avuto occasione di vederlo, ma ora non sarebbe mai accaduto.

Kurt gli mandò un altro messaggio, anche se sapeva che non avrebbe avuto risposta.

Fuori, per le strade grigie di neve sporca, Kurt si recò al negozio di alcolici. Doveva rifornirsi in caso la scorta di casa non bastasse a stordirlo e metterlo a dormire per tutti quei giorni. Non aveva intenzione di uscire di casa fino a lunedì mattina – anzi, poteva persino decidere di saltare le docce fino ad allora.

KURT aprì il frigo e contemplò per qualche minuto la birra.

Fanculo. Lo richiuse e prese la bottiglia di vodka. Versò nel bicchiere e aggiunse il ghiaccio.

Guardò il telefono, ma non era abbastanza affamato da prendersi la briga di ordinare del cibo. E poi, una volta ingerito alcol a sufficienza, la fame sarebbe svanita del tutto.

Si accasciò sul divano, il bicchiere in mano, e mise sul canale che trasmetteva l'hockey. Continuava a guardare alla sua destra, come se Davy avesse potuto materializzarsi lì da un momento all'altro. Ma no – non riusciva a immaginarlo nel suo appartamento, sul suo divano, a guardare la sua TV. Davy aveva ragione. Si era insinuato nella sua vita, ma non si era mai degnato di invitarlo nella propria. Era una merda, e odiava guardare la partita da solo.

Poteva sempre andare al Finn's, ma avrebbe dovuto lavarsi. E radersi. Erano passati giorni dall'ultima volta, e non aveva intenzione di provvedere prima di lunedì. E poi, non è che lo attirasse la compagnia della famiglia, le loro domande impiccione.

Sullo schermo, il portiere prese un goal spettacolare. Davy si sarebbe messo a esultare e blaterare. L'hockey lo entusiasmava molto più del baseball.

Kurt fissò la tele senza vedere niente, e ricordò la prima partita che avevano guardato insieme. Al primo fischio dell'arbitro, Davy era schizzato in piedi urlando e imprecando. Aveva rovesciato la birra e si era girato di scatto verso Kurt, sorpreso e imbarazzato. Era stato… cazzo… era stato così tenero. Kurt era morto dal ridere mentre lo aiutava a pulire.

Un grido dalla TV lo riportò sulla terra, e fece per bere un altro sorso, ma nel bicchiere era rimasto solo ghiaccio. Sentì le lacrime scivolargli sul viso, e le asciugò.

«Vaffanculo.» Lanciò il bicchiere contro il muro, e lo sentì rompersi con un bel CRASH – il ghiaccio che si scioglieva nel vetro. Afferrò una bottiglia di birra lì vicino e lanciò anche quella; la parete si tinse di marrone.

Alla fine della partita – Kurt non aveva idea di chi avesse vinto, e non era nemmeno sicuro di chi avesse giocato – si tirò su per raccattare i vetri rotti, barcollando.

L'acqua del rubinetto era rossa. Kurt rigirò la mano, ma la ferita non gli fece male finché non sfilò la scheggia di vetro. Allora sì che gli fece un male cane.

Chi si era inventato quel modo di dire? Non aveva nessun senso. Il dolore pulsante lo tenne più o meno concentrato sulla mano e sul sangue cremisi che sgorgava. Domani – domani avrebbe pulito tutto.

Si fasciò la mano con uno straccio quasi pulito e sprofondò nel letto, perfettamente vestito. L'ultimo pensiero prima di svenire fu la speranza che da lì a lunedì il taglio si chiudesse, e che nessuno lo notasse.

CAPITOLO
QUATTORDICI

KURT era tornato al lavoro da due giorni, ed era felice che il clima di festa fosse passato. Non aveva granché voglia di parlare di Ben, né di Novi, né d'altro. Battere le strade era meglio che chiacchierare in centrale. Al momento l'unica cosa che lo interessava era convincere quel cazzo di testimone a cantare. Peccato che Wally fosse un pidocchio tossicomane.

Lo sbatté contro i mattoni del muro e avvicinò il viso per sussurrargli una minaccia all'orecchio.

Simon lo prese per il colletto, lo tirò indietro e lo sollevò da terra. Gigante del cazzo. Senza Kurt a tenerlo contro il muro, Wally scivolò sul ghiaccio e cadde in ginocchio.

«Allontanati, O'Donnell,» gli sibilò Simon all'orecchio. Dall'esterno probabilmente non sembrava che Simon lo stesse tenendo fermo, ma Kurt avrebbe fatto un sacco di fatica per liberarsi.

«Sparisci, Wally.» L'uomo cencioso non se lo fece ripetere; si alzò da terra e corse via.

Kurt si dimenò, col solo risultato di strozzarsi. «Che cazzo fai? Sta scappando!»

Simon aprì le dita e Kurt barcollò. Si girò per affrontare Simon, ma questi gli rivolse lo stesso sguardo minaccioso che riservava ai sospetti più recalcitranti. Il che lo fece imbestialire.

«Ce l'avevo in pugno. Perché cazzo mi hai fermato?»

«Se l'avessimo portato in centrale, ti avrebbero sospeso.» Simon non aggiunse *idiota*, ma Kurt lo sentì nel tono rabbioso.

«Che cazzo dici?»

«Stavi per fargli male. Quello stronzetto avrebbe spifferato tutto al processo. Che cazzo ti prende?»

«Niente! Chi ti credi di essere, mia madre?!» Kurt strinse i denti, i pugni, e ciondolò sui talloni. Sentì l'adrenalina entrargli in circolo. Doveva decidere – subito – se valeva la pena di tirare un pugno al suo partner.

«Cristo santo, Kurt. Sali in macchina.»

Simon non gli diede scelta e lo spintonò verso il lato del passeggero. Kurt non ci teneva a farsi lasciare a piedi né ad usare i mezzi pubblici: si allacciò la cintura e incrociò le braccia.

«E Wally?» chiese, non appena Simon salì in auto. «È un sospettato, e l'hai lasciato scappare.»

L'accusa fece pulsare un muscolo sul viso di Simon.

«Non ci avrebbe portato a niente, e lo sai benissimo.» L'uomo mise in moto e partì.

Rimasero in silenzio, la radio alta e fastidiosa. Quando Simon parcheggiò di fronte all'appartamento di Kurt, questi si era parzialmente calmato.

«Che facciamo qui?»

«Scendi dall'auto.» Simon non lo aspettò. Scese e lo attese all'ingresso.

La rabbia accecante era svanita, e Kurt dovette ammettere di aver esagerato. Ma non spettava a Simon coccolarlo e proteggerlo. Simon era il suo partner, non suo padre.

«Entra,» disse l'uomo, la voce ancora secca.

Kurt aprì la porta di casa, si sfilò la giacca e si buttò sul divano come un adolescente offeso. Simon sparì in cucina... e ne riemerse subito con una bottiglia vuota di vodka. Si sedette sul tavolino di fronte a Kurt e vi appoggiò la bottiglia di vodka – una delle tante che Kurt sapeva di non aver ancora buttato via.

«Dio, Kurt,» La rabbia era sparita, rimpiazzata da altro. Pena, forse. Kurt non voleva sentirla... o vederla, così distolse lo sguardo. Dubitava che bastasse chiudersi in bagno per far andare via Simon.

«Da quanto tempo bevi? Che cosa è successo?» Stavolta, però, non c'era aggressività nelle parole. «Sono mesi che ti vedo distrutto, ma non avevo capito che fosse così grave.»

Simon fece un gesto verso la cucina. Kurt azzardò uno sguardo rapido, e sul viso del suo partner lesse solo affetto e preoccupazione. Non osò comunque guardarlo negli occhi.

«Dai, Kurt. Parla con me. Sono il tuo partner, sono tuo amico. Lascia che ti aiuti. Non puoi andare avanti così.»

Kurt aprì bocca per dire, «Va tutto bene,» come ripeteva da mesi.

Invece singhiozzò, gli occhi gli si riempirono di lacrime e presero a bruciare, e confessò ogni singolo, sordido dettaglio su Davy. Ogni segreto, ogni paura, ogni indecisione, ogni aspetto del dolore che ancora lo attanagliava.

Simon si alzò solo per portargli della carta per il naso. Non fece nulla per arginare il torrente di parole che Kurt si teneva dentro dalla morte di Ben. Come con qualsiasi torrente, una volta rotti gli argini non c'era modo di fermare la piena finché non si fosse esaurita.

Alla fine, Kurt si guardò le mani, le dita piene di pezzi di carta bagnata. La gola gli doleva come se avesse ingoiato carta vetrata, e la pelle del viso gli tirava come una prugna troppo matura. Ma Simon non se n'era andato. Non aveva riso, non l'aveva picchiato. Non aveva aperto bocca da quando Kurt si era zittito, e il silenzio aleggiava spesso come una coltre sul divano infimo di Kurt. Che avesse distrutto un'altra amicizia? Se il suo obiettivo era distruggere tutte le relazioni della sua vita, allora era proprio a buon punto. Per chi cazzo avrebbe vissuto, dopo?

Simon inspirò ed espirò a fondo, facendo svolazzare i pezzi di carta igienica.

«Ora capisco. E ti dirò una cosa sola. Non posso dirti io se sei gay o no, anche se credo che se fossi onesto con te stesso avresti già la risposta. Se decidi che lo sei, e se decidi di dirlo a tutti... Io sono tuo amico. Lo sarò sempre. Chi ti vuole bene non può sopportare di vederti così a pezzi.»

Alzò un sopracciglio. «Credo che dovresti smettere di bere, tu che dici?»

Kurt fece un mezzo sorriso. Dolce, dolce sollievo.

«Sono settimane che ti vedo bere litri di caffè. Ce l'hai del tè? O dico a Jen di portartelo?»

Era esattamente quello che avrebbe prescritto sua madre. «I miei sono irlandesi. Ho del tè, da qualche parte,» gracchiò.

Simon si lasciò cadere le mani sulle cosce; poi si alzò in piedi, incombente su Kurt. «Resta lì. Rifletti. Medita. Ma non preoccuparti, okay?»

A Kurt scappò un altro sorriso, e appoggiò la testa sui cuscini del divano, lasciandosi cullare dal rumore di stoviglie.

Dovette addormentarsi per qualche secondo, perché quando riaprì gli occhi Simon era di fronte a lui con una tazza fumante in mano. Sua madre l'aveva convinto a tenere il tè in casa, ma niente lo avrebbe convinto a usare le tazze giuste. Prese il tazzone; il calore gli penetrò nelle mani fredde, e il vapore gli ammorbidì il viso dolente.

Aspettò di bere un paio di sorsi prima di parlare. «Davvero non ti importa?»

«Davvero. So che certa gente ti darà del filo da torcere. So che quel tipo, Ivan, dell'antidroga, sopporta un sacco di merda... ma non l'ho mai visto ridotto in questo stato. Sono segreti che non va bene tenersi dentro. So anche che Ivan ha tanti amici quanti nemici.»

«Devo dirlo ai miei, vero? Non so se Davy vorrà rivolgermi ancora la parola, ma...»

«Ma se vuoi avere una possibilità con lui, allora sì, devi dirlo a tutti. E ricordati che non è passato nemmeno un anno dalla morte di Ben. Tutti e due avete bisogno di tempo per ristabilirvi. Guarire.»

A Kurt non sfuggì il fatto che stavano dando per scontato che fosse gay. In effetti se, come aveva detto Simon, era onesto con se stesso, lo sapeva anche lui.

«E se lui non...»

Simon fece un gesto nell'aria. «Dovrai lasciarlo andare. Passare oltre. Ma questo è un problema successivo. Prima devi pensare a *te stesso*. Poi ti preoccuperai di eventuali relazioni, okay?»

Il pensiero di rinunciare a Davy lo feriva nel profondo, gli dava un senso lancinante di vuoto. Ma ancora una volta, Simon aveva ragione. Prima doveva tornare in sé, e poi avrebbe potuto pensare a Davy. Forse sarebbero riusciti almeno a tornare amici.

«Un'ultima cosa,» disse Simon. «L'alcol?»

«Me ne libero, promesso. Non credo di essere un alcolizzato.»

«Neanche io lo credo. Ma se dovessi avere dei problemi, me lo dici subito, chiaro?»

«Chiaro. Grazie, Simon.»

Simon gli strinse la spalla. «Va' a dormire. Ne hai bisogno.»

Kurt seguì il consiglio di Simon e si trascinò in camera come uno zombie. Cadde sul letto e ascoltò i rumori di piatti e bottiglie vuote. Forse non era poi così male lasciare che qualcun altro badasse a lui... di tanto in tanto. Voleva comunque essere lui a prendersi cura di Davy – anche se forse non sarebbe mai accaduto. Gli sfuggì un'ultima, singola lacrima, e si addormentò.

CON l'annuncio di una nuova *task force* interdipartimentale, Kurt fu abbastanza impegnato da evitare qualsiasi discussione seria – che non riguardasse il lavoro – con chiunque. Il che voleva dire evitare di parlare della rivelazione che aveva avuto il giorno in cui aveva quasi pestato Wally. Simon non ne parlò più, se non per dirgli che Jen sapeva, e Kurt riprese ad andare a cena da loro ogni settimana. Jen scalpitava dalla voglia di combinargli qualche appuntamento, stavolta con colleghi maschi, e Kurt le era grato per l'auto-controllo.

Continuava a mandare SMS a Davy ogni settimana, ma ogni risposta mancata gli spegneva un'altra briciola di speranza. Perlomeno, l'uomo non aveva chiesto un ordine restrittivo nei suoi confronti. Non aveva più toccato un goccio di alcol dalla confessione a Simon di tre mesi prima, e grazie al cielo non ne sentiva la mancanza.

Riusciva a guardarsi allo specchio e dire: «Sono gay,» senza sentirsi male o arrossire. L'idea di confessarlo alla sua famiglia, però, lo faceva ancora rabbrividire.

Perciò, aveva adottato l'unica strategia possibile: li schivava. Fortunatamente Caitlyn e Colleen avevano annunciato di recente di essere di nuovo incinte, di nuovo in contemporanea. Era bastato a tenere per un po' l'attenzione lontana da lui.

Quella sera, però, lo schivaggio sarebbe giunto al termine. Non aveva scuse per mancare alla propria festa di compleanno. Non intendeva rovinare a tutti la serata con una confessione del genere, ma presto... Presto sarebbe giunto il momento. Era pronto.

Forse.

Si fece lasciare dal taxi a qualche isolato, sperando che l'aria fresca di primavere lo avrebbe aiutato a calmarsi.

Non funzionò. Ad ogni contatto, ogni abbraccio, trasaliva. Ogni parola gli sembrava sottintendere qualcosa. Ogni occhiata gli appariva furtiva, sospetta.

I genitori lo abbracciarono, ma sua madre aveva uno sguardo strano. Preoccupato, forse. Qualunque fosse la causa, le doveva delle spiegazioni.

Dopo aver salutato tutti gli ospiti – sentendosi sempre un grosso ipocrita – Kurt prese una bottiglia di birra e si sedette in un angolo, sperando che la serata terminasse presto.

Come sarebbe stata la sua vita se avesse invitato Davy alla festa, quella sera? Sarebbero stati ancora amici? Amanti? Forse sarebbero venuti al compleanno di Kurt come una coppia. Non l'avrebbe mai saputo.

«Ehi, ciao, fratellino.» La voce di Ian lo sorprese, e rovesciò un po' di birra.

«Oh, ah, ciao.» Finora il piano *sii normale* stava andando a puttane. Se fosse stato sotto copertura, lo avrebbero già ammazzato.

«Oh, ah, ciao,» lo prese in giro Ian. «Tutto qui? Sono mesi che non ti vedo, da quando mi hai scaricato la sera di San Valentino. Sei stato impegnato con qualche bella gnocca?» Perlomeno, Ian non sembrava troppo arrabbiato. Non era tipo da portare rancore.

«No, ero impegnato col lavoro.» Almeno quella non era una bugia.

«Perfetto! Allora appena possiamo svignarcela da qui, ti porto in un locale esclusivo su Queen Street. Ho i pass da VIP. Le spogliarelliste sono la fine del mondo. È perfetto per festeggiare il tuo compleanno; e poi, sei l'unico fratello single che mi rimane. Dobbiamo spassarcela, noi due, ora che Stephanie si è accalappiata Dylan.»

Come quel giorno con Simon, Kurt ne aveva abbastanza di mentire. «Dov'è la mamma?»

«Cosa?»

«Lascia stare. Devo...» Fingere era troppo difficile. «Devo trovare la mamma.» Lasciò Ian a boccheggiare come un pesce, ma era l'ultimo dei suoi problemi.

Si guardò intorno in cerca di sua madre. La trovò che piazzava la torta sul bancone.

«Mamma, devo parlarti.»

La donna guardò la torta, e poi gli invitati. «Adesso?»

«Ti prego.» Non era certo che dopo ne avrebbe ancora avuto il coraggio.

«Nella saletta?»

La saletta era piccola ma riservata, e aveva una porta che dava sul retro. «Sì.»

La donna strinse le labbra con un'aria triste e rassegnata. «E tuo padre?»

Il bambino dentro Kurt si perdette d'animo. «No. Non subito. Prima voglio dirlo a te. Ti prego.» Se lei l'avesse detestato, sarebbe stato inutile dirlo a suo padre. Se ne sarebbe andato subito, per sempre. Sua madre fece un cenno tacito a suo padre – una cosa che

Kurt aveva iniziato a notare, e a desiderare per sé, solo da quando conosceva Davy.

Kurt fece per seguire sua madre verso la saletta, ma si guardò un istante indietro. Simon lo stava fissando, e gli fece un cenno d'approvazione. Jen era lì con lui, anche se non poteva vederla. Aveva almeno due sostenitori – e per il momento doveva farseli bastare.

SEDETTERO, e sua madre prese a tormentarsi le mani. Anche Kurt avrebbe voluto, ma aveva paura di rompere la bottiglia di birra. Ne bevve un sorso, per prendere tempo, ma non servì a placare le farfalle ninja che avevano preso residenza nel suo stomaco.

«Ti prego, tesoro. Parlami.» Gli occhi della donna si colmarono di lacrime, e Kurt si accorse che non era l'unico ad aver sofferto. Se lei lo avesse detestato… no. Doveva dirglielo, doveva darle un'occasione di dimostrarsi la madre affettuosa che lui conosceva.

«Sono gay,» disse con un sussurro, ma in qualche modo trovò il coraggio di guardarla negli occhi. Doveva sapere cosa avrebbe pensato, come avrebbe reagito.

Caddero le lacrime, ma sua madre sorrise. Era sollevata?

Si lanciò su di lui, abbracciandolo, e Kurt ricambiò la stretta. Sentì sciogliersi un po' della corazza che aveva eretto intorno a sé in difesa. Sperò che le confessioni successive gli avrebbero fatto meno paura.

Sua madre si ritrasse e lo baciò sulla fronte, poi tornò a sedersi, senza lasciargli andare la mano.

«Oh, tesoro. Temevo che fossi malato, o che fossi nei guai.»

«Questo non è un guaio?» Kurt non riusciva a smettere di bisbigliare.

«No, tesoro, no. Io ti voglio bene. Voglio che tu sia felice. Non eri felice, ultimamente. È tanto che non lo sei.»

Lo sguardo le si accese, e lo fissò intensamente. «Tesoro... Avevo ragione, vero? Eri innamorato.» Gli tirò su la manica e gli toccò la cicatrice. «Cos'è successo?»

Dio. Kurt si sentì gli occhi in fiamme. Sperò con tutto il cuore che fosse l'emozione di fare coming-out, e non un qualche requisito per essere gay. Piangere era davvero sgradevole.

«Lo ero – lo sono ancora. Innamorato, voglio dire. Ma lui non mi vuole.» Aveva già raccontato quella storia una volta, e non voleva ripeterla. Con Simon, però, non aveva mai ammesso di essere innamorato. Non l'aveva ammesso nemmeno con se stesso. Ora capiva perché tante persone parlavano con dolore e con gioia del loro primo amore. Era bello come un tramonto, e doloroso come le fiamme dell'inferno.

Sua madre lo abbracciò di nuovo.

«Beh, se non capisce cosa si perde, non ti merita. A meno che non sia sposato. In tal caso, merita la forca.» Sua madre era offesa per lui, e Kurt sentì alleggerirsi il peso sul cuore.

«No, non è sposato. È stata colpa mia. Non sono stato sincero con lui, né con me. Volevo nascondermi.»

«E adesso che hai deciso di uscire allo scoperto?»

«Non lo so. È complicato. » Mancavano appena due settimane all'anniversario della morte di Ben. Sperava che Jon – o Andrew, persino – sarebbe stato con Davy. Non voleva che Davy dovesse affrontarlo da solo. Anche se avrebbe pagato per essere con lui, per dirgli che si stava aprendo con le persone, sapeva che non poteva fare coming-out solo per lui. Doveva farlo per se stesso. Davy – e Simon – gli avevano fatto capire che doveva essere sincero innanzi tutto con sé stesso, altrimenti non sarebbe mai stato sincero in una relazione.

«Lo conosco, questo tizio? Come si chiama?»

«Si chiama Davy. Un giorno ti racconterò. Cosa faccio con gli altri?»

Sua madre fece spallucce. «Devi dirglielo, sono preoccupati per te. Anche non stasera… a parte tuo padre. Non parla mai, ma vede tutto. Era preoccupato tanto quanto me, ma pensava che ti drogassi.»

«Che? Perché diavolo avrei dovuto drogarmi?» In realtà, non era così lontano dalla verità. I suoi genitori avevano più figli della media, ma non li avevano mai trascurati. Li trattavano come individui singoli, e non erano mai troppo impegnati da non accorgersi quando uno di loro era ferito o in difficoltà.

«Diceva che fai un lavoro stressante. E non è raro, per le persone stressate, rivolgersi ai farmaci.»

Kurt si sentì le guance in fiamme. Per forza che, anche da bambino, lo sgamavano subito. Li evitava da mesi, e praticamente ne sapevano più di lui.

Sentì tornare le farfalle nello stomaco. «Mi odierà?»

«Kurt Patrick O'Donnell. Tuo padre è un brav'uomo, e ti vuole bene,» lo rimproverò sua madre. «Adesso te lo mando qui, e dopo mangeremo la torta.» Gli strinse la mano. Sapeva quanto Kurt fosse terrorizzato.

ATTESE nella saletta, disturbato da quanto la situazione somigliasse alle volte in cui, da piccolo, lo mettevano in punizione per qualche marachella, e Kurt era costretto ad attendere il verdetto del padre. Di solito si trattava di punizioni orribili, come pulire i bagni al ristorante. Che paragone del cazzo – adesso non sarebbe più riuscito a sperare in una conclusione diversa.

Sean O' Donnell comparve sulla porta, ma Kurt non era più un bambino bisognoso di nascondere le trasgressioni. Era un uomo, e non aveva niente di cui vergognarsi – anche se temeva la reazione del genitore.

Suo padre fece un altro passo, e la luce gli illuminò il viso. Aveva gli occhi pieni di domande.

«Ciao, papà.»

«Kurt.» Suo padre si sedette al posto lasciato vuoto da sua madre. Era ancora un uomo forte, in salute, ma la preoccupazione – preoccupazione per Kurt – ce l'aveva incisa sul volto. Forse, dopo tutto, Kurt aveva qualcosa di cui vergognarsi: aveva ferito i propri genitori. Eppure… questa era probabilmente la confessione più difficile della sua vita.

Rimasero seduti in silenzio. Suo padre non parlava molto, ma non aveva pazienza nel tergiversare. «Sputa il rospo, figliolo. È come strappare un cerotto.»

Giusto, un cerotto. «Sono gay.»

Suo padre inspirò a fondo, ma non disse nulla.

Kurt provò ad aspettare, ma non sopportava il silenzio. «Mi dispiace.»

Sean scosse la testa. «Per cosa, figliolo? Per aver spaventato tua madre? Sì, fai bene a dispiacerti.»

«Ma… ma per…»

«Per essere gay?» Kurt si aspettava quasi di vedere una smorfia di disgusto sul viso di suo padre, ma non ve n'era traccia.

«Sì.»

«Figliolo, se è così che Dio ti ha fatto, allora non c'è niente di cui dispiacersi. È solo che mi hai sorpreso. Pensavo… pensavo che…»

«Sì, lo so. Mamma me l'ha detto. Ehm… in effetti ho bevuto molto, ultimamente. »

Oh, ecco qui lo sguardo di disapprovazione che si aspettava. «E ora?»

«Sto…» Kurt ci pensò un attimo. Sì, era vero che ultimamente era stato troppo impegnato per compatirsi, ma non sentiva alcun bisogno di alcol. E adesso aveva almeno quattro persone che lo sostenevano incondizionatamente. Non che fosse impaziente di dirlo agli altri, ma non si sentiva più quel peso sull'anima.

Fece un lungo sospiro di sollievo.

«Devi dirlo ai tuoi fratelli. E devi smettere di evitarli, okay? Anche non subito, non c'è fretta.»

Si alzarono entrambi, e Sean piegò la testa per guardare il figlio. «Oh, figliolo, questo segreto ti stava mangiando vivo.»

Kurt si morse un labbro e annuì. Suo padre lo strinse in un abbraccio forte, di quelli che dicevano che era a casa e al sicuro. Ricambiò la stretta, e quando si separarono vide che gli occhi di suo padre era un pochino più lucidi di prima.

«Ora usciamo di qui e andiamo a mangiare la torta, prima che tua madre ci ammazzi. O che le tue sorelle impazziscano. Dio, non ho mai visto donne gravide così desiderose di zucchero.»

Quando Kurt tornò di là, rimase sorpreso da quanto si sentisse diverso. Più leggero. Gli mancava Davy, quasi come se gli mancasse un arto – ma la verità gli dava una sensazione di libertà incredibile.

La famiglia si riunì intorno alla torta per scattare la consueta foto, ma Kurt era sicuro che non avrebbe mai voluto vederla sviluppata. Un'ondata di dolore lo colpì al ricordo dei tempi felici con Davy, al suo compleanno. Probabilmente sarebbe venuta una foto orribile.

Sua madre gli rivolse un sorriso triste mentre tagliava la torta. Doveva aver capito che quest'anno il suo desiderio era di ricongiungersi con Davy.

Incrociò lo sguardo di Simon, dall'altra parte della stanza, e questi alzò un sopracciglio. Kurt sollevò la birra come per fare un brindisi, e gli sorrise. Simon ricambiò il sorriso e si chinò per dire qualcosa a Jen, che si mise in punta di piedi per scorgerlo e salutarlo.

Kurt aveva finito la birra e decise di passare all'acqua. Al bancone, Ian gli si sedette accanto. «Allora, che hai combinato?»

«Combinato?»

«Mamma e papà ti hanno trascinato nella saletta la sera del tuo compleanno. Ti avranno fatto un bel culo.»

«No, affatto. È tutto a posto.» Per la prima volta da mesi, non era una bugia. Kurt rise.

«Okay, va bene. Ora che abbiamo nutrito le donne gravide, brindato, eccetera, andiamo al locale che ti dicevo.»

«No, Ian, non ci vengo al locale.»

«Perché no?»

Perché non ora? «Sono gay.»

Gli occhi di Ian divennero fessure. «Che cos'hai detto?»

«Sono gay. È di questo che parlavo con mamma e papà.»

Suo fratello sbiancò, i capelli e le sopracciglia scure ancora più evidenti sulla pelle chiara. «Che... che...»

«Ehi, lo so che è scioccante.»

Ian si girò sui tacchi e corse via. Per Kurt fu come un pugno in pancia, gli ridusse in polvere il buon umore. Di tutti i fratelli, avrebbe giurato che Ian sarebbe stato il più comprensivo, visto quanto andavano d'accordo.

Simon e Mike, che avevano assistito alla scena, si diressero verso di lui e lo raggiunsero in contemporanea.

«Scricciolo, che hai detto a Ian?»

Kurt lanciò uno sguardo a Simon, che annuì appena e fece spallucce. Sì, tanto valeva sputare il rospo con tutti. «Gli ho detto che sono gay.»

Mike guardò Simon, pensando che fosse uno scherzo. Poi assunse la stessa espressione pensierosa di suo padre nella saletta. «Oh. E Ian c'è rimasto male?»

Okay, andiamo… Nemmeno un'espressione scioccata? Che diavolo? Possibile che avessero tutti capito che era gay prima di lui?

«Così pare.»

«Gli passerà, scricciolo. Quindi adesso finalmente porterai qualcuno alle feste? La mamma vorrebbe tanto vederti accasato. »

Un piccolo sospiro da parte di Simon fece capire a Kurt che il suo partner sapeva quanto la domanda gli provocasse dolore, anche se non era colpa di Mike.

«Forse. Un giorno.»

ALLA fine della serata l'aveva detto a tutti, e le sue sorelle – almeno loro – erano rimaste scioccate; nessuno però si era arrabbiato. Ian non era tornato e non aveva chiamato, ma Kurt non riusciva a preoccuparsene. Se quella era la sua risposta, avrebbe imparato a fare a meno di lui. Aveva già abbastanza grane di cui occuparsi senza dover spiegare a suo fratello che non era colpa sua se era nato così. Non era propriamente felice, ma perlomeno gli sbalzi emotivi sembravano passati. Soddisfatto? Quasi.

CAPITOLO

QUINDICI

CON l'estate si allungarono le giornate lavorative. La *task force* gli portò via un sacco di tempo. Non che Simon e Kurt giocassero un ruolo fondamentale; erano poco più che riserve. Dopo l'operazione sarebbero tornati strapieni di lavoro, invece che super-strapienissimi.

«Svolta qui.» Kurt alzò lo sguardo dal telefono per indicare a Simon la strada. L'uomo stava imparando a muoversi in città, ma a quell'ora del giorno conveniva prendere una scorciatoia. Premette il tasto invio e rimise l'aggeggio in tasca.

«Grazie. Era il messaggio settimanale per Davy?»

Kurt sospirò. «Sì.» Non riusciva ancora a rinunciare a quell'ultima forma di contatto con l'uomo che amava, anche se ormai non si parlavano da sei mesi. Aveva mandato a Davy un SMS in più, per l'anniversario della morte di Ben, ma non aveva ottenuto risposta. Per quanto ne sapeva, Davy poteva benissimo aver cambiato numero. Avrebbe potuto indagare, scoprire se era così – ma non voleva rinunciare a immaginarlo con un sorriso, intento a leggere i suoi messaggi.

«Come va?»

Kurt fece spallucce. «Ancora niente.» Lo sapeva, era patetico. Chiunque altro, dopo aver fatto coming-out, si sarebbe dato alla pazza gioia; ma Kurt si sentiva ancora un pesce fuor d'acqua. Non era mai stato bravo con le ragazze, ma almeno aveva avuto anni e anni per imparare le regole. Forse doveva chiedere a Ivan di fargli da mentore.

«Vieni alla festa, sabato?»

«Certo.» Preferiva le cene tranquille alle feste – se era per bere in mezzo a gente che non conosceva, poteva sempre andare al Finn's – ma non voleva offendere Jen.

Giunti alla scena del crimine, scesero dall'auto. Uno degli agenti già sul posto fece una smorfia e disse piano, «finocchio». Bastò un'occhiataccia congiunta di Simon e Kurt per farlo filare via.

Kurt alzò gli occhi al cielo. Era davvero ingiusto che i colleghi non lo rispettassero per via delle sue preferenze sessuali. E faceva pure ridere i polli, considerando che viveva praticamente in castità. Se non altro, la maggior parte di quegli stronzi erano persone con cui non sarebbe uscito comunque. Li ignorava quasi sempre – tranne le rare volte in cui sentiva di dover ristabilire la propria autorità. Forse, però, avrebbe davvero dovuto invitare Ivan a bere una birra. Non per farsi una storia con lui, ma per parlare… magari gli avrebbe fatto comodo un amico gay.

«Che cos'abbiamo?» Il lavoro era sempre lo stesso. Kurt si stava abituando a sentire nostalgia di Davy.

«KURT! Sono felice di vederti.» Jen lo trascinò in casa con un abbraccio. Kurt rimase perplesso. La donna era sempre espansiva, ma non l'aveva mai vista così entusiasta. Che fosse già un po' brilla? In fondo era una festa…

La seguì in salotto, riconoscendo nel tragitto alcune facce – fra cui Tiffany, che gli sorrise e lo salutò con la mano, senza tracce di rancore o disgusto.

«Lo sa?»

Jen seguì lo sguardo di Kurt fino all'amica. «Che sei gay? Sì, gliel'ho detto io. Non riusciva a smettere di pensare al… ehm… alla vostra serata. Spero che non ti dispiaccia.»

Gli dispiaceva? Kurt ci pensò un attimo. «No, non mi dispiace.» Non aveva intenzione di andare in giro con un cartello, ma non gli importava che la gente sapesse. Non gli importava nemmeno che altri spargessero la voce.

«Ignorala.» Jen stava letteralmente saltellando. Kurt si sentì sopraffatto dal panico, e rallentò.

La donna lo prese per il polso, diede un'occhiata in giro e poi puntò la cucina. Qui si fermò di fronte a un uomo – esile, capelli castani, un po' più basso di Kurt. Il panico divenne terrore puro.

«Justin?»

L'uomo alzò lo sguardo dal tavolo degli snack. «Ehi, Jen.» Esaminò Kurt dalla testa ai piedi. Aveva gli occhi azzurri.

«Justin, lui è il nostro amico Kurt. Kurt, questo è Justin. Abita qui vicino»

«Piacere di conoscerti, Kurt.»

Oh, merda – era un incontro programmato. Jen gli lanciò un sorrisetto e poi sparì fra la folla. Con Tiffany aveva fatto lo stesso. Istintivamente, Kurt si sentiva più attratto da Justin, ma non sapeva comunque come comportarsi.

«Jen mi ha detto che sei un poliziotto, come Simon.» Justin gli porse un piatto e gli fece spazio al tavolo.

«Sì, è vero. Devo confessare che mi trovo in una situazione di svantaggio, visto che non so nulla di te.» Dio, stava parlando come la prozia Martha. Accettò il piatto, ma sentì tornare le farfalle ninja.

«Oh, mica tanto. La mia conoscenza non va oltre.»

Kurt sorrise. «Okay, allora.»

Justin ricambiò il sorriso. «Mi occupo di marketing. Sto tutto il giorno seduto a una scrivania... niente di che, in confronto al tuo lavoro.»

«Oh, abbiamo un sacco di tempi morti. Spesso ci fanno sgobbare fra documenti, archivi, internet... roba del genere. Non è che passo tutto il tempo a sparare e acciuffare banditi.»

Non riuscì a capire se Justin fosse un fanatico dei poliziotti. Aveva incontrato un tot di donne che avrebbero fatto sesso con qualsiasi poliziotto, solo perché era tale; probabilmente esistevano gay fissati alla stessa maniera. Provò ad associare la figura esile di Justin alla parola "sesso", e lo vide con occhi diversi.

Chiacchierarono un po', poi si spostarono in veranda, dove l'umidità della notte era meno evidente. Parlarono così a lungo che Kurt si chiese se non fosse scortese monopolizzare così l'uomo. E intanto non riusciva a capire se quella di Justin nei suoi confronti fosse attrazione vera, o pietà.

«Senti, posso essere sincero?» Dalla sera del suo compleanno, Kurt aveva preso ad essere diretto.

«Ah, certo.» Justin si ritrasse, un po' sospettoso.

«Sono nuovo in... questo.» Kurt indicò loro due.

«Questo cosa?» Justin fece un'espressione perplessa, poi si avvicinò a Kurt. «Aspetta, vuoi dire che hai appena fatto coming-out?»

Kurt annuì.

«Quanto tempo fa?»

Quanto tempo fa? Era la prima volta che usciva dal suo compleanno – aveva perso il senso dello scorrere dei giorni. «Sei settimane?»

«Oh mio Dio! Sei praticamente un verginello!»

Kurt arrossì fino alla punta delle orecchie, e sperò che non si notasse, nel buio. Non era buio abbastanza, però, da perdersi Justin che si sistemava i pantaloni, né il gonfiore che aveva fra le gambe. Anche Kurt, all'improvviso, sentì il bisogno di sistemare i suoi.

Justin si guardò intorno. «Ti va di andare in un posto più privato?»

Era impossibile fraintendere l'invito. Kurt sentì il cazzo indurirsi ancora di più. «Certo.»

SEGUIRONO la zona d'ombra intorno alla casa, a debita distanza l'uno dall'altro. I suoni della festa giungevano attutiti, come se non riuscissero a penetrare l'oscurità. Dava una parvenza di isolamento – come se non vi fosse stato nessuno oltre a Justin e Kurt. A un certo punto, Justin – che pure era più basso – lo spinse contro il muro e si sporse per baciarlo.

Kurt aprì le labbra per lasciar entrare la sua lingua. Lo prese per i fianchi sottili, strofinando l'inguine contro il suo, e prese ad esplorargli la bocca a sua volta. Justin prese a spingere col bacino, portando le due erezioni a contatto.

Baciare un uomo gli sembrò giusto, come la prima volta, ma il ricordo di Davy strappò Kurt alla foschia erotica che lo obnubilava. Si sforzò di metterlo da parte, e si insinuò più a fondo nella bocca di Justin, come per divorarlo. L'uomo gemette e infilò una mano fra loro per strofinare il membro di Kurt. Era passato così tanto dall'ultima volta... da quella sera con

Davy... e farlo con un uomo era infinitamente meglio che con una donna.

Justin gli tirò subito giù la cerniera, ed espose il suo cazzo all'aria della notte. Il senso di vulnerabilità, la paura che qualcuno potesse vederli, coglierli sul fatto, lo fece pulsare di piacere. Per la prima volta, Kurt capì perché certe persone correvano il rischio di farsi arrestare per atti osceni in luogo pubblico. Era un poliziotto, non avrebbe dovuto, ma... ma ormai non pensava più col cervello. Decideva tutto quell'organo turgido che al momento Justin teneva fra le mani.

«Slacciami i pantaloni,» sussurrò l'uomo.

Giusto – doveva ricambiare il favore. Trafficò un po' intorno alla mano di Justin sul suo inguine, ma alla fine, con dita incerte, Kurt riuscì ad aprire la cerniera. Era così piacevole stringere la mano intorno al cazzo di un altro... duro e morbido al tempo stesso, familiare e sconosciuto. Lo stiracchiò, strofinandolo come avrebbe fatto col suo – e se anche immaginava che fosse il cazzo di Davy? Erano affari suoi. Una fitta atroce al petto gli ricordò che non aveva mai toccato Davy. Fece scivolare le dita sulla punta, e qui spalmò il liquido che già c'era. Non aveva nemmeno mai assaporato Davy. Da quella sera, quando si sentiva solo, aveva provato ad assaggiare il proprio sperma... sempre immaginando che fosse quello di Davy.

Justin prese a massaggiare entrambi i cazzi insieme, con una mano sola, lasciando Kurt libero di godere della sensazione, dei movimenti sempre più rapidi. Il respiro di questi si fece sempre più intenso, e alla fine venne, la mano di Justin ancora più veloce mentre il suo cazzo fremeva e sparava.

Con un tremito e un gemito, anche Justin venne, e l'odore sensuale del sesso invase l'aria umida dell'estate.

Justin lo lasciò andare e si chinò per pulirsi la mano nell'erba prima di rialzarsi e rivestirsi. Kurt lo imitò, ma più lentamente. Aveva avuto un orgasmo, e in compagnia: avrebbe dovuto essere fantastico... ma non lo era. Il vuoto che sentiva dentro si era fatto più largo che mai.

Kurt si appoggiò al muro, e si domandò se la sua vita sessuale – la sua vita sociale – si sarebbe mai fatta semplice. Sarebbe mai riuscito ad instaurare una relazione come quella dei suoi amici, o dei suoi fratelli?

«È stato fantastico, Kurt.» Justin gli diede un bacio rapido sulle labbra. «Possiamo rivederci?»

Kurt ci pensò su. Justin sembrava un tipo a posto; avevano chiacchierato senza problemi, e si sentiva attratto da lui. Ma Justin non era Davy – e finché Kurt non si fosse messo il cuore in pace, non era giusto ingannare qualcuno. Sua madre lo avrebbe preso a calci nel sedere se avesse osato sfruttare una donna come sostituta per un'altra, e la cosa valeva anche per gli uomini. Ma soprattutto, Justin non lo avrebbe reso felice. Kurt aveva scelto di diventare poliziotto per fare la cosa giusta, e questa non lo era.

«Mi dispiace, Justin. È che...» inspirò a fondo. Per un attimo, l'odore muschiato, di uomo, che gli invase le narici lo fece vacillare. «Sono innamorato di un altro, e finché non risolvo la questione, non credo di essere pronto.»

«Innamorato? Oh... Beh, capisco. Sei un bell'uomo, Kurt. Com'è che non stai con questo tizio?»

«È una storia lunga, ma non vuole avere più niente a che fare con me. Sto cercando di abituarmi all'idea. È per lui che ho fatto coming-out.»

«Non dirmi che ti ha sbattuto fuori per questo! Come ha potuto lasciarsi sfuggire un uomo come te? Lo so che ci siamo appena conosciuti, ma io ho un istinto per queste cose. Sei una brava persona, e sei sexy da morire.»

Il buio nascose l'imbarazzo di Kurt. «Anche tu sei una brava persona. In realtà, questo tizio non sa che ho fatto coming-out. Pensava che volessi tenere segreta la nostra relazione, per questo mi ha lasciato. E io ho fatto coming-out perché aveva ragione. Non avrei dovuto tenerlo segreto.»

«Ma allora, perché... Oh, cazzo, Kurt. Lo *sa* che hai fatto coming-out?»

«No. Non... merda.»

«Oh, Kurt.» Justin gli diede un altro bacio, più lungo stavolta. «Diglielo. E se *ancora* non funziona, chiamami. Porta i miei saluti a Simon e Jen. È stata una festa fantastica, ma ora devo andare.»

Kurt rimase solo, al buio, mentre il mondo si trasformava ancora una volta. Non poteva dirlo a Davy via SMS; magari neanche li leggeva... Doveva vederlo di persona, costringerlo ad ascoltarlo.

Kurt aveva lottato per ottenere l'indipendenza dalla famiglia. Aveva lottato per diventare detective. Era riuscito ad ammettere con se stesso di essere gay, e poi a confessarlo al parentado, col rischio di perderli per sempre. Ma non gli era mai venuto in mente che forse doveva combattere contro Davy stesso, per il bene di entrambi. Si era pianto addosso abbastanza. Appena conclusa l'operazione con la *task force*, avrebbe affrontato il problema.

Gli parve che i rumori della festa si facessero più intensi, ma forse ne era solo più consapevole. Si diede un'occhiata per accertarsi che il suo aspetto non tradisse la sveltina sul retro. E gli venne da ridere. Era come alle superiori, quando gli ormoni la facevano da padrone. Che vergogna...

Tornò in cortile, e si accorse che la festa si era spostata in veranda. Numerose torce illuminavano l'aria di giallo; Kurt uscì dall'ombra e si augurò che nessuno gli facesse domande.

Ovviamente si illudeva. Vide Simon prendere una birra dal congelatore e dirigersi dritto verso di lui.

«Allora... dov'è Justin?» Grazie al cielo, l'uomo parlò a bassa voce.

«È andato a casa. Vi ringrazia per l'invito.»

«A-ha. A casa, eh? Ho visto che siete spariti. Pensi di rivederlo?»

Dio. Forse in fondo non era così male non avere amici che gli facessero domande personali. Però era felice di aver conosciuto Justin. Perlomeno adesso era sicuro al 100% di essere gay, anche se continuava a ignorare le regole del corteggiamento. Anche mettendo da parte l'orgasmo, tutta la chiacchierata precedente era filata molto più liscia che i suoi ultimi appuntamenti con le ragazze.

«No, non penso.»

Simon strabuzzò gli occhi: non si aspettava quella risposta.

«No... voglio parlare con Davy. Di persona. Chiarirci. Vedere se possiamo riconciliarci.»

«Buon per te. Mi chiedevo quando ci saresti arrivato. Odio vederti mandare quei dannati SMS tutte le settimane.»

«Già. Non so se servirà a qualcosa, ma devo uscire da questa situazione. È stupido vivere così, a metà.»

Simon gli diede una gomitata. «È bello che tu lo ammetta. Quando pensi di farlo?»

«Sinceramente, temo che non servirà a fargli cambiare idea. Preferirei aspettare dopo la *task force*; se va male, temo che farò fatica a concentrarmi.» Ma anche in quel caso – anche se fosse andata male, se Davy avesse chiuso con lui – almeno Kurt avrebbe potuto metterci una pietra sopra. Col tempo avrebbe superato lo smacco, e avrebbe provato a uscire con altri uomini.

Bevvero entrambi un sorso di birra.

«Ehi, hai mangiato qualcosa?»

«No.» Proprio in quel momento la pancia di Kurt borbottò.

«Vieni, penso che siano avanzati degli hamburger.»

Al barbecue, Simon schiaffò un hamburger sul pane e lo passò a Kurt. «Qui c'è tutto per condirlo – ketchup, mostarda, spezie. Se ti serve altro, è in cucina.»

Kurt poggiò la birra sul tavolo e si sporse a prendere la mostarda. E rimase pietrificato. Mostarda – Dio. Rivide la discussione con Davy. La prima volta che aveva mangiato gli hamburger a casa sua, senza mostarda. Al Lettie's, quando Davy gli aveva passato il barattolo senza neanche chiedergli se lo voleva. Quella volta che aveva cucinato greco, e aveva incluso la mostarda per lui… mostarda che Davy odiava, e teneva in casa solo per Kurt. Era solo uno dei casi in cui l'uomo aveva dimostrato di conoscere benissimo i suoi gusti.

La mostarda era una delle piccole cose che invidiava nel rapporto che gli amici e parenti avevano con le proprie dolci metà. La comunicazione silenziosa, gli scherzi fra loro, gli sguardi carichi di significato; Kurt aveva tutto questo con Davy, e non se n'era mai accorto. Aveva creduto che fosse solo un'amicizia molto intensa – e invece era una storia vera, e non se n'era accorto. Probabilmente neanche Davy – il che spiegava perché, dopo aver fatto sesso in modo così aggressivo, fossero rimasti entrambi sconvolti. In quel momento, nessuno dei due era pronto a saltare da un semplice rapporto di amicizia a quello fra innamorati. Cazzo, probabilmente Davy non aveva nemmeno capito, fino a quella sera, che Kurt era incerto sulla propria sessualità – il che poteva giustificare il litigio furioso.

La speranza – speranza vera – gli colmò il vuoto che aveva dentro. Forse, dopo tutto, la felicità non era così irraggiungibile.

Simon lo guardò, e Kurt si sciolse in un sorriso. Era un pezzo che non utilizzava quei muscoli facciali.

«Che c'è?»

«Mi sono appena ricordato una cosa. Una cosa che forse vuol dire che anche Davy ci tiene a me.»

Simon sbuffò. «Cazzo, è ovvio che ci tiene a te. Me ne sono accorto la sera in cui vi abbiamo incontrato al Lettie's. Solo che non sapevo che anche tu provassi le stesse cose. Jen sì, invece.»

Kurt rimase stupito. «Jen lo sapeva?»

«Non le ho creduto finché non me l'hai confermato tu. Però mi ero accorto che eri molto a tuo agio con lui. Jen dice che sospettava qualcosa dall'incidente con Tiffany.» Simon abbassò la voce e si guardò intorno prima di dire 'Tiffany', in caso la donna fosse a portata d'orecchio.

Oh. Stranamente, la cosa gli fece apprezzare ancora di più l'amicizia con Simon e Jen. Non gli avevano mai fatto domande, non l'avevano mai trattato in modo diverso, e Jen lo aveva persino salvato da quella donna al compleanno di Mike. Che diavolo, i gay avevano sempre amiche donne – o almeno, così sembrava, a vedere in televisione. Forse Jen aveva iniziato a sospettare di lui prima ancora che Kurt se ne accorgesse. Il che rendeva ancora più stupido il tentativo di nascondersi da chi gli voleva bene.

Due settimane – ancora due settimane, e Kurt avrebbe parlato con Davy. Chissà, forse un giorno avrebbero potuto fare un'uscita a quattro con Simon e Jen. O avrebbe potuto portare Davy al compleanno dei suoi fratelli.

Se fosse andata male, gli si sarebbe spezzato il cuore; ma non poteva impedirsi di sperare. Non voleva impedirselo. Il ricordo della mostarda gli avrebbe tenuto il morale alto per diversi giorni.

CAPITOLO
SEDICI

LA LUCE rossa dell'ambulanza lo stava accecando. Non doveva andare così. La barella sbatté sul fondo del veicolo, e Kurt sibilò tra i denti per il dolore. Voleva piangere, gridare – ma il male era così intenso che a malapena riusciva a respirare.

«Fate attenzione,» gridò Simon ai paramedici.

Sentì un liquido colargli dagli occhi.

Simon saltò su per stargli accanto, e Kurt lo fissò dalla lettiga. Il suo partner era bianco come un fantasma, e la maglietta blu era chiazzata di rosso. Un odore metallico, come di rame, si alternava a quello acido del disinfettante.

«Tieni duro, Kurt.»

Cercò di rispondere qualcosa, ma i polmoni e la gola non volevano saperne di funzionare. Gli infilarono la flebo, e sentì dolore; curioso, non avrebbe mai detto di poter provare altro, oltre al male atroce della pallottola. Non voleva morire, ma gli sembrava di essere stato colpito da una cannonata.

«Andrà tutto bene,» disse il paramedico. Probabilmente voleva tranquillizzarlo, ma Kurt non le credette. Non stava affatto bene. Forse non sarebbe stato bene mai più. Stava affogando in un mare di dolore.

«Sssss…» Cazzo.

L'ambulanza prese una buca, e Kurt gridò per il male.

«Cazzo, dategli qualcosa!» Simon era irritato e spaventato. Il che, a sua volta, terrorizzò Kurt. Allungò una mano per tirargli la manica.

Simon chinò la testa. «È tutto a posto, Kurt, sta' tranquillo.»

Kurt aprì la bocca e gli tirò di nuovo la manica.

«Non parlare.»

Cercò di respirare.

«Ho chiamato i tuoi, ci aspettano in ospedale.»

Kurt provò a scuotere la testa, continuando a tirare Simon. Se solo fosse riuscito a dire qualcosa!

L'uomo si chinò su di lui. «Cosa c'è? Cosa vuoi dire?»

«Davy,» esalò. Voleva vedere Davy un'ultima volta.

«Davy. Lo chiamo, promesso. Tu pensa a star meglio, okay? Andrà tutto bene.» La mano con cui Simon lo toccava era calda come un ferro bollente. Ma in effetti Kurt stava gelando. Cominciò a tremare per il freddo, e Simon gli strinse le dita. Era così che ci si sentiva, a morire dissanguati?

Poi, come se stesse guardando dal lato sbagliato di un telescopio, Simon si fece lontanissimo, e calò il buio.

KURT aprì gli occhi, doloranti e impastati. Provò ad alzare la mano per strofinarli, e si accorse della flebo. Di nuovo. Cominciava a stufarsi. Gli tornò in mente l'agonia dopo il colpo. Sbatté le palpebre; riusciva a respirare senza problemi e senza dolore. Se non fosse stato per la flebo, e le piastrelle del soffitto dell'ospedale, avrebbe creduto di essere morto. In effetti, era sorpreso di non esserlo.

Quando il proiettile l'aveva colpito, nessuno si era accorto che c'era ancora qualcuno della banda a piede libero. Kurt aveva indosso il giubbotto antiproiettile. Simon non si era nemmeno accorto subito del colpo. Chissà cos'era andato storto…

Si girò seguendo le voci alla sua destra. E gemette. Cazzo – eccolo lì, il dolore. Riprovò, piegando solo la testa, e sentì tirare i muscoli del petto.

Sua madre, suo padre e Simon erano accalcati lì vicino. La stanza era bella grande per una persona sola – forse qualcuno dello staff si era ricordato di quanti parenti aveva. Si chiese dove fossero tutti.

Simon lo vide e fece un cenno a sua madre.

«Oh, tesoro. Ci hai fatto morire di paura. È la seconda volta. Come ti senti? Vuoi che chiami il medico?» La donna portò una sedia lì vicino e si sedette al suo capezzale, sfiorandogli la guancia.

«Vado ad avvisare che si è svegliato,» disse Simon. La t-shirt fuori misura che aveva indosso, col logo dell'ospedale, ricordò a Kurt del sangue versato mentre l'uomo cercava di tamponargli la ferita. Non era ancora andato a casa a cambiarsi.

Sua madre gli baciò la guancia, e suo padre gli toccò il braccio con dolcezza. «È bello vederti sveglio, figliolo.»

«Che ora è? Che giorno è?» Aveva la voce arrugginita, ma almeno funzionava. Dio, non aveva mai avuto paura come in quell'ambulanza.

«Sono le dieci del mattino. Mercoledì. Abbiamo mandato a casa i tuoi fratelli ieri sera, ma Simon, io e tua madre siamo rimasti qui,» rispose suo padre.

Solo un giorno. A meno che non fosse rimasto svenuto una settimana – ma in quel caso Simon sarebbe andato a casa a cambiarsi. I martedì stavano diventando giorni sfigati per la sua salute.

«Oh, tesoro.» Sua madre si mise a piangere e gli appoggiò la testa sul collo. «Sei rimasto ore in sala operatoria. In ambulanza temevano di averti perduto. Tesoro, non deve più succedere. Il mio cuore non reggerebbe.»

Sentì le lacrime bagnargli i peli sul collo, e anche se voleva abbracciarla, aveva paura di muoversi e risvegliare la fitta di dolore.

«Deirdre, amore, così lo affoghi.» Suo padre si sedette accanto alla donna, e li accarezzò entrambi con la mano.

Simon tornò nella stanza. «L'infermiera ha detto che manda qualcuno. Cavolo, Kurt, è bello rivederti.» Raggiunse i piedi del letto.

«Cos'è successo?» Simon gli avrebbe detto tutto. Erano andati in missione come rinforzi. Non avevano fatto praticamente niente, nemmeno durante la sparatoria.

«Sicuro che vuoi saperlo subito?»

«Sì, ti prego.» Lo aspettava un'altra degenza dai suoi. Accidenti.

«Cosa ricordi?»

Kurt ci pensò su. «A parte qualche flash del viaggio in ambulanza, ricordo che l'operazione è andata come previsto. Avevamo tutti con le spalle al muro, eravamo pronti ad andarcene. E poi mi ritrovo sul pavimento ad annaspare.» Il cielo gli era sembrato così terso e azzurro.

«Sì, beh, ne è scappato uno. Avevano già ammanettato quasi tutti, ma ce n'era ancora uno armato, in un angolo. L'hanno accerchiato, e ha fatto fuoco. L'hanno messo subito KO, ma il proiettile ha rimbalzato e ti ha preso. È passato dalle cinghie.» Simon deglutì pesantemente e guardò il soffitto. «Dio. Mi sono girato ed eri per terra, coperto di sangue. In ambulanza ti è collassato un polmone. Credevo... credevo che fosse la fine.»

Qualcuno trasalì sulla soglia. Tutti si girarono a guardare, e Kurt credette di avere le allucinazioni.

Davy – più magro dell'ultima volta che l'aveva visto, e pallido. Le palpebre gonfie e gli occhi iniettati di sangue. E sotto tutta quella paura, un'espressione tenera che Kurt aveva visto solo nei suoi sogni.

«Mi hai detto tu di chiamarlo.» Kurt non se lo ricordava, e non capiva perché Simon non fosse contento. Se farsi sparare voleva dire rivedere Davy, allora era quasi grato del dolore.

«Davy. Vedo che ce l'hai fatta, alla fine.» Oh, Simon doveva essere proprio arrabbiato; non l'aveva mai sentito assumere quel tono sarcastico. La madre e il padre si alzarono in piedi, e Kurt li vide esitare. Non sapevano se fosse il caso di intervenire, magari cacciando via lo sconosciuto.

Davy sorrise debolmente senza staccare gli occhi da Kurt. «Ero a Pickle Lake con mia sorella e la sua famiglia. Sono otto ore di viaggio fino a Thunder Bay. Quando sono arrivato, ieri sera, avevo perso l'ultimo volo.»

«Pickle Lake? Oh, ah, allora hai fatto presto. Scusami. È solo che hai detto che venivi subito...»

«Beh, ero nel panico.» Davy fece un passo dentro la stanza, avvicinandosi al letto, incerto se sarebbe stato il benvenuto o meno.

Kurt gli tese una mano e lo vide avvicinarsi ancora, ma non abbastanza. «Mamma, Davy può sedersi qui un minuto?»

La donna fissò a lungo il figlio, prima di rivolgersi all'estraneo. «Vieni a sederti. Ti chiami Davy, giusto? Noi aspettiamo fuori il resto del parentado. Quando arrivano, terranno compagnia a Kurt mentre noi facciamo due chiacchiere.»

«Mamma! Lascialo in pace.»

«È lui, non è vero? È lui che…»

Davy seguiva lo scambio di battute come in un incontro di tennis.

«Mamma, ti prego, smettila.»

«Beh, credo di avere il diritto di conoscere l'uomo di cui il mio bambino è innamorato.»

Stavolta trasalirono tutti. Ah, sua madre sì che sapeva come metterlo in imbarazzo! Non aveva chiamato Davy per mettergli pressione: voleva solo crogiolarsi nella sua presenza. Davy rimase pietrificato, e Kurt temette che sarebbe corso via prima che riuscisse a parlargli.

«Andiamo, Deirdre. Lasciamoli parlare.» Suo padre spinse sua madre fuori dalla stanza, e Simon li seguì, voltandosi indietro un'ultima volta.

«Kurt, se hai bisogno lancia un urlo.»

«Tranquillo, sono a posto,» rispose. A meno che Davy non scappasse davvero. In tal caso, avrebbe spedito Simon a riacciuffarlo.

La porta si chiuse, e, come se si fosse rotto un incantesimo, Davy corse al suo fianco e gli prese la mano.

«Mi… mi…» Dagli occhi rossi sgorgarono altre lacrime, e gli bagnarono la mano. «Mi dispiace così tanto, Kurt.»

«Anche a me.»

Davy prese tempo, sistemò le lenzuola, gli accarezzò le dita.

«Siediti, ti prego.»

L'uomo sedette, e intrecciò le dita con quelle di Kurt. «Dobbiamo parlare, ma non è il momento giusto.»

Kurt sentì riaccendersi la disperazione, il terrore, l'ansia provati in ambulanza. Lasciare le cose in sospeso non era mai positivo. All'improvviso, si domandò che cosa avesse detto Simon a Davy per convincerlo a venire. Che l'uomo fosse lì solo perché aveva chiesto di lui sul letto di morte? Per esaudire il suo ultimo desiderio? Ti, prego, no... Per un attimo, quando l'aveva visto sulla soglia, Kurt aveva pensato che si sarebbe risolto tutto. Ma Davy non aveva nemmeno fatto caso alle parole di sua madre. Forse non gliene fregava niente.

«Ti prego, dillo e basta. Non voglio aspettare. Se vuoi tagliare i ponti con me una volta per tutte, dillo e basta. Facciamo una cosa pulita.» Kurt fissava l'orecchio di Davy, per non leggere la pietà nei suoi occhi.

Davy gettò uno sguardo rapido al monitor, che nel frattempo si era messo a suonare più veloce; poi si concentrò su Kurt.

«Dobbiamo parlare con calma. Più tardi, non ventiquattr'ore dopo che ti hanno sparato. Ma non voglio tagliare i ponti con te. Voglio... voglio ricostruirli.»

Kurt si arrischiò a guardarlo in faccia. Allora non si era immaginato lo sguardo tenero di poco fa... «Davvero?»

«Se a te sta bene, sì.»

Kurt annuì. «Ti prego.»

Davy si chinò e gli diede un bacio. Con quelle labbra, soffici come le ricordava, Kurt sentì l'anima tornargli completa.

Davy sollevò la testa.

«Ancora,» disse Kurt.

L'uomo rise fra le lacrime, ma scosse la testa. «Prendilo come un incentivo a guarire in fretta.»

A Kurt cominciarono a chiudersi gli occhi.

«Hai bisogno di riposare. Io mi sa che andrò a parlare con la tua mamma. Non posso... non posso credere che tu le abbia detto di me.»

«Beh, non le ho detto proprio *tutto*.»

«Oh, meno male.»

«Però a Simon sì...»

Davy lo guardò terrorizzato. Kurt annuì; voleva ridere, ma sapeva che gli avrebbe fatto un male cane.

«Non ci credo... aspetta... gli hai detto tutto? Hai fatto coming-out anche con lui?»

Sì, Davy aveva ragione. Dovevano parlare, ma Kurt era troppo stanco.

«Uhm... adesso ti lascio dormire, però... diceva sul serio, tua madre? Cioè, tu... davvero...»

Kurt non sentì la fine della domanda.

QUANDO riaprì gli occhi, Davy era sempre seduto accanto a lui – forse non se n'era mai andato. Dormiva, la testa scura su un angolo del cuscino piatto dell'ospedale. L'odore di citronella era così vicino da coprire l'antisettico dell'ospedale. Kurt sorrise. Doveva tornare al thailandese. Amava il thailandese – ma da quando Davy aveva smesso di parlargli, non era più riuscito a metterci piede. Provò a muoversi; sentiva ancora tirare al petto, ma non faceva più male come prima. Allertato dal movimento, Davy sollevò la testa e gli rivolse un sorriso dolce. Quelle fossette erano davvero adorabili... chissà com'era leccarle. Lo avrebbe sperimentato presto.

«Come ti senti?»

«Un po' meglio.» Forse più di *un po'*. Kurt era molto più lucido, anche se poteva dipendere dalla momentanea assenza di farmaci. «Com'è andata la chiacchierata con mia madre?»

«In realtà bene, ma abbiamo parlato poco. Mi ha spedito a casa a dormire, e quando sono tornato, i tuoi parenti non c'erano più.»

«I miei fratelli ti hanno rotto le scatole?»

«Non li ho visti. Devono essere passati mentre non c'ero.»

Kurt non dubitava che fossero passati, anche se aveva dormito tutto il tempo.

«Che ore sono?»

Davy guardò l'orologio al polso. «Quasi mezzanotte.»

Mezzanotte? Le luci erano sempre uguali in ospedale – sparate come in pieno giorno, tutto il tempo. «Non che mi dispiaccia averti qui, ma come li hai convinti a lasciarti stare?»

Davy arrossì un poco e chinò lo sguardo. «Tua madre ha detto alle infermiere che ero uno di famiglia.»

Kurt non capì perché Davy sembrasse imbarazzato. O colpevole. Forse…

«Vuoi che parliamo? Non credo che la mia adorabile famiglia ci interromperà.»

«Posso prima darti un bacio?»

Oh. Sentì l'inguine pulsare. Era troppo presto per pensare al sesso, ma era bello sapere che lì sotto funzionava ancora tutto.

«Sì, ti prego.» Kurt non vedeva l'ora di fare anche altro. Gli sembrava di aver aspettato Davy per tutta la vita. «Oh, aspetta… sono tipo tre giorni che non mi lavo i denti.»

Davy lo guardò come fosse uno sciocco. «Anche se siamo in ospedale, non ti faccio una tonsillectomia.» Gli mordicchiò il mento, prima di passare alle labbra. Quelle di Davy erano morbidissime.

Kurt ricambiò il bacio, deluso che l'uomo non cercasse qualcosa di più.

«Se mi sposto, ti sdrai qui insieme a me?»

«Non voglio farti male.»

«Ti prego.»

Dopo qualche tribolazione nel letto scomodo e stretto, Kurt riuscì a ritagliarvi uno spazio su misura per Davy. L'uomo gli mise le braccia intorno al corpo, e si rilassò.

«Allora, parliamo,» propose Kurt.

«Da dove comincio? Sono andato dallo psicologo, come avevi detto tu. All'inizio non volevo andarci, ero furioso con te. È stato Jon a convincermi che era una buona idea. Ah... ehm... mi sa che gli ho raccontato tutto.»

Oh. Sarebbe stato interessante vedere Jon, la prossima volta. «Continua.»

«Beh, ho imparato un sacco di cose su di me e sul mio rapporto con Ben. Ho capito che ho finito per dare la colpa a te per un sacco di cose che faceva Ben; mi pare si chiami meccanismo di proiezione. Tu mi hai aiutato un sacco, ma... era una situazione un po' umiliante, per me. E al tempo stesso, mi stavo affezionando a te, e mi sembrava di tradire Ben... e tu eri etero, e mi avevi visto a pezzi. Mi sentivo un idiota, e temevo che non sarei mai più riuscito a riprendermi, da solo. Fino a quella sera a casa mia, non avevo capito che eri attratto da me. Così la rabbia si è mescolata al desiderio... e sono stato orribile con te. Spero che potrai perdonarmi.»

Kurt sospirò, e strisciò più vicino al corpo magro e caldo di Davy. «Ero già arrivato alla conclusione che nessuno dei due fosse pronto per il sesso. Io... beh, non mi ero mai sentito attratto da un uomo, prima di conoscerti. Non ero nemmeno certo che fosse attrazione sessuale. Non sapevo cosa pensare… fino a quella sera, quando Andrew mi ha fatto uscire di testa. Ma è successo, e anche se rimpiango il dopo, è stato il sesso migliore della mia vita. In parte anche perché ero già innamorato di te, anche se di sicuro non ero pronto ad ammetterlo.»

Mentre Kurt parlava, Davy si era issato su un gomito e lo fissava sbalordito.

«Oh, mio Dio… mi sento una merda. Non ti eri mai sentito attratto da un uomo? Non avevi mai fatto sesso con un uomo? Oh, cazzo. Pensavo che fossi gay e che lo tenessi nascosto a tutti, e di non essermene accorto perché ero troppo preso dai miei problemi. Ero così arrabbiato con te.» Davy chiuse gli occhi. «Oh, Kurt, non ci credo. Non ti ho fatto male, vero?»

Kurt sbuffò. «Non mi hai sentito? Ho detto "il miglior sesso della mia vita". Anche se avrei fatto volentieri a meno del litigio super-drammatico e di te che non mi rispondevi al telefono.»

Davy divenne rosso come un peperone. «Mi dispiace.»

«E quando mi hai mandato il risultato delle analisi del sangue… Beh, diciamo che ho avuto giorni migliori. Non mi era nemmeno venuto in mente di usare un preservativo.»

«Mi dispiace anche per quello. Quando mi sono accorto di non averlo usato, mi sono sentito morire. Io e Ben eravamo monogami, erano anni che non ne usavo uno. Ma avrei dovuto proteggerti.»

Un tempo, a quelle parole, a Kurt sarebbe venuta la pelle d'oca; ma adesso stava iniziando a capire che in una relazione ci si protegge a vicenda, perché l'idea che l'altro possa soffrire è inconcepibile.

«Sinceramente, prima di aprire quella busta, avevo pensato solo che non potevo rimanere incinto.

Avrei dovuto fare anch'io le analisi e mandartele?» Ancora non gli era chiaro cosa prevedesse l'etichetta.

Davy scosse la testa. «In centrale vi controllano periodicamente, no? Non ero preoccupato per me: non volevo che tu ti preoccupassi. Avrei dovuto chiamarti, o aggiungere un biglietto, ma avevo paura. Pensavo che arrivato a casa ti fossi accorto di odiarmi...»

«Sono innamorato di te, ricordi? Lo sa persino mia madre. Non potevo chiedere una prima volta migliore. A parte il fatto che non ho potuto toccarti... né succhiarti il cazzo...» Kurt sentì qualcosa di duro toccargli il fianco, e Davy si contorse. Sorrise. Stava diventando sempre più bravo a leggere i segnali: bastava usare l'uccello come barometro. A quel punto, però, si ricordò di Justin, e si sentì avvampare.

«Allora... ah... il senso di questa discussione è che vogliamo stare insieme, giusto?»

Davy annuì.

«Beh, ehm... allora ho anch'io da dirti qualcosa. Prima che prendiamo qualsiasi decisione.»

Kurt non si tenne dentro niente, né il bere, né la crisi, né il coming-out, né la reazione di Ian, e nemmeno la sveltina con Justin. Alla fine scrutò il viso di Davy, chiedendosi cosa pensasse l'uomo.

«Fammi capire bene. Hai fatto coming-out per me. Hai continuato a mandarmi un massaggio alla settimana per farmi sapere che pensavi a me, sebbene io non ti rispondessi mai. Mi hai lasciato quella splendida rosa, che ho essiccato e conservo ancora. Sapere che c'eri e che pensavi a me mi ha aiutato – più di quanto tu possa capire – a superare i miei problemi. Pensavi che non volessi vederti mai più. Non mi odi per averti lasciato ad affrontare tutto da solo... E credi che basti una sveltina con uno sconosciuto per farmi smettere di amarti?»

«Ah.» Kurt non era nelle condizioni di registrare niente, a parte il fatto che Davy aveva detto di amarlo.

«Oh, Kurt. La maggior parte della gente, al tuo posto, si sarebbe scopata qualunque cosa. Non fraintendermi, sono felice che tu non l'abbia fatto; ma non m'importa di questo Justin.»

Le parole finalmente cominciarono a filtrare. Stava accadendo davvero. Il dolore al petto non era niente in confronto al desiderio immenso di baciare Davy. Gli mise una mano sulla nuca e lo tirò giù, divorandogli le labbra come un affamato.

Davy gemette, e dimenticò la reticenza di prima. Kurt sospirò, senza staccare le labbra; poi, con la lingua, si mise ad assaporare quella di Davy.

Quando questi rialzò la testa, stavano entrambi ansimando. «Dio, ti voglio.»

«Non qui però, eh?» La voce di Kurt era piena di rammarico.

L'uomo sorrise e gli sistemò i capelli sulla fronte. «No, non qui. Più tardi, a casa.»

«A casa?»

«Lo so che dobbiamo ancora chiarire alcune cose, e dobbiamo provare a uscire insieme, però... beh, più ci penso e più mi convinco che in realtà stavamo già insieme, senza saperlo. Quindi voglio che tu venga a vivere da me. Voglio prendermi cura di te, aiutarti a guarire. Voglio esserci quando torni a casa dopo una giornata di lavoro.»

Vivere con Davy. Per mesi aveva detestato il suo appartamento – ora poteva ammetterlo, l'aveva detestato perché Davy non era lì. Si era sempre sentito a suo agio a casa dell'uomo; l'idea di viverci lo riempiva di gioia.

«Sei sicuro? Ho degli orari strani, spesso sto via un sacco di ore. E possono richiamarmi in servizio in qualsiasi momento.» Non era facile convivere con un poliziotto.

Davy rise e gli baciò la fronte. «Sì, Kurt, lo so.»

Oh, già – certo che lo sapeva. Aveva vissuto dieci anni con un poliziotto.

«Ma su questo, non so se… no, lascia stare.»

«Cosa?» Di sicuro non avrebbe preso una decisione così importante se Davy aveva qualche dubbio.

«Forse dovremmo parlarne più avanti.» Davy nascose il viso nel collo di Kurt.

«No. Io sono sveglio, tu sei sveglio… voglio sapere cosa ti preoccupa.»

Davy rimase così a lungo in quella posizione che Kurt cominciò a chiedersi se non si fosse di nuovo addormentato.

«Ho paura. Sono già due volte che rimani ferito, e sappiamo entrambi che avresti potuto morire,» mormorò l'uomo, senza spostarsi.

Kurt girò il capo, incurante della tensione ai muscoli del petto, per baciare la testa di Davy. Rifletté un istante «Lo so che è difficile; l'attesa, la paura di ricevere una telefonata… È per questo che fra i poliziotti c'è un tasso così alto di divorziati. Però non è che mi piaccia farmi male. Faccio il possibile per evitarlo. Probabilmente dovrei smettere di prendere parte a queste maledette *task force*: lavorare nella squadra omicidi non è così pericoloso.»

«Aspetta un attimo. Sei rimasto ferito durante una *task force*?» Davy si raddrizzò e lo guardò dall'alto.

«Sì, stavolta sì.» Si era trattata più che altro di sfortuna. La volta prima, invece… beh, non era lui quello che volevano ammazzare.

«Allora smetti di farle, ti prego. Credo… credo che potrei sopportarlo, senza *task force*.»

«Okay, parlerò col capo.» Ci sarebbe stata occasione più avanti, per discutere della sua carriera. Kurt amava il suo lavoro, e lo faceva bene, ma non voleva unirsi ai divorziati. Sapeva già com'era vivere senza Davy – uno schifo: si meritavano entrambi un po' di felicità, e Kurt non intendeva rinunciarvi. Se Davy non poteva sopportare di saperlo in giro in pericolo, si sarebbe trovato un altro mestiere.

«Allora va bene. Mi trasferisco da te.» Non aveva nemmeno paura. Era perfetto, era la cosa giusta; con l'amore di Davy, anche il dolore per aver perso l'amicizia e il rispetto di Ian sarebbero stati più sopportabili.

Davy sorrise e lo baciò; prima gentilmente, poi in modo sempre più selvaggio e appassionato. Infilò una mano sotto il lenzuolo, sotto il camice super-sexy dell'ospedale, e gli carezzò la gamba. Kurt non aveva obiezioni. Senza rifletterci, allungò la mano per toccare l'uomo, e si ritrovò a gemere… di dolore, prima di accasciarsi. Davy interruppe subito il bacio.

«Oh, Kurt, scusami,»

La fronte di Kurt era madida di sudore, e il pene era tornato flaccido.

«Non scusarti. Mi sa che mi ci vorrà un po' per riprendermi.»

Davy si sdraiò di nuovo al suo fianco, coprendogli la spalla di baci leggeri. Sospirò piano, mentre l'erezione si sgonfiava; alla fine il respiro gli si fece regolare, e l'uomo si addormentò.

Più sereno di quanto non si sentisse da mesi, Kurt lasciò che sopraggiungesse il sonno anche per lui.

«Ehi, scricciolo, sveglia.»

Kurt aprì gli occhi di colpo. «Che cazzo vuoi, Mike?» Chi è che andava a svegliare un tizio a cui avevano appena sparato?

«Immagino che quello sia il tuo fidanzato, eh, scricciolo?»

Davy era caldo, e dormiva ancora. Forse, ora che vedeva coi suoi occhi che Kurt era gay, Mike sarebbe stato meno comprensivo? Kurt lo guardò con aria di sfida. «Sì, e allora?»

«Accidenti, cos'è? Hai mangiato una cacca per colazione?» Lo stomaco di Kurt brontolò. «Oh, capisco. Affamato e irritabile. Comunque, mamma sta arrivando. Non credo che approverebbe questa sistemazione, viste le tue condizioni.» Mike indicò Kurt e Davy. «E con lei c'è tutta la famiglia.»

Davy si irrigidì di colpo, e Kurt capì che era sveglio e aveva sentito tutto. Dalla porta aperta giungevano le voci dei suoi famigliari. Anche Davy le sentì, ma non riuscì a tirarsi su per tempo, né a sistemarsi i capelli arruffati. Aveva una faccia metà colpevole, metà spaventata... sconvolta. Kurt avrebbe voluto stringerselo accanto – lo spazio rimasto vuoto era così freddo – ma si rifiutò di lasciargli andare la mano, e dopo qualche secondo Davy smise di provare a liberarsi.

Mike lo squadrò. «Come ti chiami, fidanzato?» chiese, mentre Dylan e le sorelle marciavano nella stanza, seguiti dai genitori. Si arrestarono tutti di fronte alle dita di Davy intrecciate con le sue.

«Davy,» sussurrò.

«Mike, piantala.»

L'uomo guardò Kurt con occhi gelidi. «Scricciolo, ti ha ferito. Non c'era quando ne avevi bisogno.»

«Lo so, fratellone. Ma... ci sono cose che non sai. Anch'io l'ho ferito. Ma ora abbiamo risolto. Ci amiamo, e mi trasferisco a casa sua.»

Le donne trasalirono.

Mike guardò Davy, e poi Kurt. Kurt studiò la reazione di Davy, e rimase sorpreso di scorgere un sorriso dolce e caldo.

Erin scavalcò il fratello e gli assestò uno scappellotto. «Piantala di fingere di essere papà. Ciao, io sono Erin... tu sei Davy, giusto?»

Lo abbracciò. Davy sembrava felice e spaventato insieme.

QUANDO l'infermiera venne a scacciare i visitatori in eccesso, Davy si era ormai abituato a stare con la sua chiassosa e affettuosa famiglia. In effetti, Kurt sospettava che non vedesse l'ora di farne parte. Forse avrebbe cambiato idea una volta incontrate anche tutte le dolci metà e i nipotini e nipotine vari. Già solo fratelli e sorelle erano troppi, senza aggiungere le mogli e i mariti accumulati negli anni.

Kurt sperava che Ian rinsavisse e passasse a trovarlo, e ne parlò con sua madre.

«Gli passerà. È venuto mentre eri in sala operatoria, era preoccupato per te. Non so cos'abbia in testa, ma gli passerà.»

«Non lo so, mamma. Evita anche voi?»

«Voi giovani non passate mai a trovarmi quanto vorrei. Siete sempre impegnati col lavoro, o a uscire, o a festeggiare.»

Il lavoro. Sì, quello era lui. Niente uscite, niente feste.

«Non per molto. Sarà diverso quando Dylan si sposa.»

Sua madre lo fissò a lungo. «Mi aspetto di avere ospiti a cena anche te e Davy, e con una certa frequenza. Naturalmente ti aiuteremo a traslocare e sistemarti, anche perché non credo che potrai sollevare pesi per un po'.»

«Grazie, mamma.»

«Tesoro, tu pensa solo a rimetterti.»

Davy fu di ritorno mentre il parentado era uscito per pranzo. «Mi piace la tua famiglia.»

«È reciproco.»

«Non per Ian.»

Kurt inspirò a fondo. «Mamma dice che gli passerà.»

«Ma tu non ci credi.»

Ci credeva? Non riusciva a credere che Ian volesse buttare via il loro rapporto per una cosa del genere, ma aveva sentito di peggio. «Non lo so. Faccio fatica a crederlo.»

«Mi dispiace, è colpa mia.»

«No. Non dispiacerti per quello che abbiamo. A me non dispiace. Ti amo.»

«Anch'io ti amo. Sei stanco adesso. Ti lascio dormire, torno a casa a preparare tutto per il tuo arrivo.» Davy gli diede un bacio veloce e si finse arrabbiato quando Kurt cercò di prolungarlo. «Dormi.»

«Altrimenti?» Kurt chiese in tono malizioso.

Gli occhi di Davy si fecero vogliosi. «Mi inventerò qualcosa. Ma qualunque cosa sia, te la scordi se non guarisci.»

Kurt non aveva mai pensato che stare con qualcuno di dominante, a letto, potesse piacergli; non si era mai immaginato fidanzato... amante... compagno... di una persona del genere – mai. Ma lo adorava. Adorava Davy. Sorrise, senza staccare lo sguardo dalla curva di quel sedere fantastico, che non vedeva l'ora di toccare, finché l'uomo non sparì alla vista.

Un anno prima, Kurt aveva toccato il fondo; ma se non fosse stato per quel momento così orribile, non avrebbe mai raggiunto quella gioia, quell'amore.

EPILOGO

SIMON si stiracchiò fino a toccare quasi il soffitto con le dita. Aveva poche macchie di vernice addosso, mentre Jon, Rick e Davy erano dipinti a strisce. «Vado a prendere della pizza. Torno fra poco.»

«Pappamolle. » Sul divano, Kurt cambiò posizione. Il suo partner inarcò un sopracciglio.

«Sei fortunato di essere ancora in via di guarigione, altrimenti ti ritroveresti a imbiancare tutto da solo.» Simon gli lanciò un asciugamano bagnato, che lo colpì con uno schiaffo.

Davy rise, e si lasciò cadere vicino a lui. «Penso sia ora di una pausa; abbiamo lavorato un sacco.»

«Anch'io. Non è mica facile dirigere.» Kurt gli fece un sorriso a trentadue denti. Aveva traslocato un paio di settimane prima, subito dopo la dimissione dall'ospedale, ma si erano riabituati subito alla presenza reciproca – come se non fossero mai stati separati, come se avessero sempre vissuto insieme. Certe cose erano nuove – Kurt adesso accompagnava Davy a far visita alla mamma di Ben, due volte al mese; aveva restituito la tessera della palestra, e Sandra cominciava a parlare a Oliver dello zio Kurt.

La cosa migliore era il ritorno dei pompini nella sua vita. Dio. Non gli erano mai piaciuti tanto. Ben presto aveva scoperto che adorava farli almeno quanto riceverli, se non di più. Davy alle prese con un orgasmo era la visione più stupenda e gratificante dell'universo.

E per questo non vedeva l'ora di liberarsi degli amici. Il giorno prima il medico gli aveva dato il permesso di passare a roba più movimentata – stavano entrambi impazzendo, ad aspettare – ma Kurt voleva che fosse una sorpresa. Davy però era rientrato tardi dal lavoro. Kurt non aveva potuto cancellare la festa dell'imbiancatura – ma cavolo, ad ogni movimento di Davy sentiva il cazzo pulsare. Moriva dalla voglia di rimanere solo con lui.

«Hai fatto un ottimo lavoro.» Davy gli accarezzò una coscia con la mano, e Kurt inspirò a fondo. Tra l'uomo che lo toccava e il ricordo del pompino della sera prima, era proprio felice di star seduto. Doveva smettere di pensare al sesso con gli amici presenti.

«Oh, Davy, smettila di sbandierarlo ai quattro venti,» si lamentò Rick.

«Sbandierare che?»

«Lo sappiamo, hai questo poliziotto grande e grosso al tuo servizio. Hai convertito il ragazzo etero. Abbiamo capito. Smettila di toccarlo e di farci ingelosire.»

«Io non sono geloso,» ghignò Simon.

«Questo lo dici tu,» lo stuzzicò Rick.

«E con questo, me ne vado.» Simon prese le chiavi e uscì.

«No, davvero, sta venendo benissimo.» La casa, di per sé, non aveva molta personalità, quindi non si poteva parlare esattamente di "cancellare" qualcosa; era più un "renderla casa loro", e non un monumento alla relazione fra Davy e Ben. Al negozio di vernici, Davy si era fatto conquistare dalle tinte gialle e dorate. Presto l'intera casa sarebbe stata piena di colori, non solo quella stanza. La camera da letto era l'unica che pensavano di lasciare bianca, ma Davy aveva scelto una serie di acquarelli da appenderci. L'uomo sembrava rifiorire ad ogni pennellata, e per Kurt era una gioia per gli occhi. Lo attirò a sé in un bacio, che finì con Davy sulle sue ginocchia, e Jon e Rick che brontolavano.

Kurt non aveva mai avuto tendenze esibizionistiche, ma trovava divertente provocare gli amici di Davy. Probabilmente se ne sarebbe pentito, ma per ora era troppo spassoso.

Suonò il campanello.

«No, ragazzi, non disturbatevi. Ci penso io,» li prese in giro Jon. Davy scese dalle ginocchia di Kurt. Rick gli diede un'occhiata al pacco e mise di nuovo su il broncio.

«Piantala di guardare il mio uomo, Rick,» Davy lo guardò minaccioso.

«Non mi avevi detto che tuo fratello veniva ad aiutarci,» fece Jon dal corridoio.

Kurt scambiò uno sguardo confuso con Davy. Eh? Forse Mike aveva annullato il viaggio di lavoro. Era impossibile che Dylan riuscisse a districarsi dai preparativi per il matrimonio per un sabato intero.

Jon tornò in salotto, seguito da Ian. Questi cercava Kurt con lo sguardo – ma per cosa, Kurt non avrebbe saputo dirlo. Suo fratello non gli parlava da mesi, e anche se sua madre gli aveva detto che era passato a trovarlo in ospedale, e che prima o poi sarebbe tornato in sé, Kurt non ci aveva creduto. E ancora non ci credeva.

«Che ci fai qui?» Kurt si alzò e gli si avvicinò.

Sentì Davy che lo raggiungeva, in segno di supporto. Gli altri, a parte Simon, non sapevano dell'abbandono di Ian. Non avevano nemmeno mai incontrato i fratelli di Kurt – finora. Kurt aveva tutta l'intenzione di invitarli al compleanno di Erin, che cadeva di lì a poco.

«Oh mio Dio, Kurt! Questo è uno dei tuo fratelli?» La voce di Rick assunse quel tono che Kurt aveva preso a chiamare *voglio che mi scopi*. «Ti prego, dimmi che è gay anche lui.»

«È etero,» risposero Kurt e Davy all'unisono.

«Veramente no,» disse Ian.

Kurt percepì a malapena i gridolini di gioia di Rick. Non riusciva a distogliere gli occhi da suo fratello.

Senza aprire bocca, prese Ian per un braccio e lo trascinò in cantina. Gli serviva un po' di privacy per parlare, ma non voleva farlo entrare nella loro camera da letto – il loro santuario. Specialmente in caso la discussione finisse male.

«Oh mio Dio, Kurt.» Ian si guardò intorno, sbalordito dalla gigantesca palestra che Davy aveva in cantina. «È incredibile.»

Già. Anche Kurt amava quella stanza. Faceva dei sogni – sogni erotici – in cui un normale allenamento con Davy si trasformava in tutt'altro tipo di esercizio.

«Non cambiare argomento. Che cazzo succede?»

Ian lo fissò in silenzio.

«Dico davvero, Ian. Che cosa volevi dire?» Kurt non aveva mai sentito il bisogno di fare male fisicamente a uno dei suoi fratelli, ma adesso ci stava andando vicino. Ian lo aveva ferito profondamente.

L'uomo cominciò a fare avanti e indietro, grattandosi la testa.

«Ah… anch'io sono gay.»

Kurt aggrottò la fronte. Sapeva che avrebbe dovuto essere comprensivo come il resto della famiglia lo era stato con lui, ma… cazzo. Cos'è, lo prendeva in giro?

«E tutte quelle ragazze? Le spogliarelliste?»

«Potrei chiederti la stessa cosa. Avevi delle fidanzate,» replicò Ian, con tono accusatorio e sguardo minaccioso.

«Te ne sei accorto adesso?»

Ian chinò il capo. «No. Lo so da anni. Le donne erano una copertura.»

«Anni? Mi prendi per il culo? Che cazzo dici?»

«Avevo paura. Pensavo che mi avreste voltato le spalle... Così l'ho tenuto nascosto. Quando sei venuto a dirmelo, eri così... sicuro di te. Pensavo l'avessi capito e volessi prendermi in giro. Poi ho capito che eri sincero, e che tutti lo accettavano senza problemi... e mi sono arrabbiato.» Ian tornò a guardarsi i piedi, e chinò le spalle in segno di sconfitta.

La rabbia di Kurt si dissolse. Ricordò quanto erano stati orribili i mesi passati a tormentarsi sulla propria sessualità. Se non fosse stato per Davy... per il desiderio che provava per lui... avrebbe potuto finire come Ian. Anni. Sant'Iddio, anni.

«Vieni qui.» Kurt allargò le braccia. Ian ricacciò indietro un singhiozzo e lo abbracciò. Kurt ricambiò la stretta, e sentì che finalmente la sua vita era completa.

Si sedettero su una delle panche di plastica.

«Lo dirai a tutti?» Non voleva insistere, ma Ian doveva rendersi conto che poteva essere onesto, se solo lo voleva.

«Sì, non ne posso più di fingere. È pazzesco che tu abbia avuto il coraggio di dirlo alla tua festa di compleanno.»

«Beh, diciamo che ero motivato. Hai visto il mio fidanzato?» Kurt provò a buttarla sul ridere.

Ian sorrise e si asciugò gli occhi. «Il biondo carino?»

Rick? Sul serio? «Tu ce l'hai un fidanzato?»

«No. Solo avventure di una notte.»

«Beh, torniamo su. Ti presento Rick.»

«Rick?»

«Il biondo carino. Il mio Davy è quel bel...» Dio. Stava per dire *fusto*. Non aveva mai usato quella parola in vita sua... Rick aveva un pessimo ascendente.

«OK. Se per te va bene, potrei restare a darvi una mano.»

Kurt fece le opportune presentazioni, dopodiché si sedette con Davy a mangiare la pizza sul divano. Per il resto della giornata, osservarono con Jon la... danza d'accoppiamento – difficile trovare un paragone – fra Ian e Rick. Diciamo una via di mezzo fra mostrare le piume e prendersi a cornate. Alla fine, in mezzo a tutto quel testosterone, i muri furono dipinti; Ian e Rick sgattaiolarono via senza salutare.

AL CALAR del sole, finalmente rimasero soli. I mobili erano tutti coperti da teli bianchi – eccetto la loro camera da letto. Kurt si sentiva nervoso.

«Vado a fare una doccia.» Davy gli baciò la tempia. «Vieni con me?» La doccia insieme era un altro dei piaceri che Kurt aveva scoperto di recente. Ma se si lavavano insieme, avrebbero avuto ancora abbastanza energie per quello che Kurt sperava accadesse? Di certo sarebbe stato un idiota a rinunciare a un Davy tutto bagnato e scivoloso.

Gli porse la mano, e Davy lo condusse in bagno.

L'ACQUA era tiepida, ma le mani di Davy che lo insaponavano bruciavano come il fuoco. L'uomo lo attirò a sé per baciarlo – l'acqua gli colava addosso, scivolava intorno alle bocche appiccicate. La lingua di Davy gli esplorò a fondo la bocca, imitando quello che

– Kurt sperava – avrebbe fatto più tardi con l'uccello. Quando Davy staccò le labbra per succhiargli via l'acqua dal collo e dalle spalle, Kurt fece scivolare le sue mani insaponate sulla pelle liscia dell'uomo, toccandolo dappertutto, senza soffermarsi, esplorando, stuzzicando. Quando gli parve di aver lavato l'uomo a sufficienza, Kurt si spostò sul suo cazzo, lungo e sottile. Adorava soppesarlo nella mano almeno quanto sentirlo scivolare in bocca, ma era quasi certo che il massimo fosse farselo sbattere forte nel culo.

Stanotte se ne sarebbe accertato.

Davy ricambiò il favore, ma da subito si concentrò sull'inguine di Kurt. Gli accarezzò l'uccello, giocò con i peli bagnati, soppesò con dolcezza i testicoli. Con una mano gli premette dietro le palle, e con l'altra si infilò fra i glutei, in cerca del buco rugoso. Kurt spinse il bacino, strusciandogli il cazzo sulla pelle.

Fece scivolare la mano sui fianchi di Davy, poi lungo la curva soda del culo, dove assaporò la consistenza fine dei peli sotto le dita. Era così diverso da una donna – e così perfetto.

«Sì, così. È così sexy, il mio uomo... Mi piace farti impazzire. Vuoi succhiarmelo, eh? Vuoi succhiarmelo fino a farmi venire?»

Kurt non sapeva dove Davy trovasse il fiato per quella robaccia sexy, ma ogni volta che cominciavano a fare sesso, da quelle labbra morbide sgorgava un fiume di oscenità che gli faceva rizzare il cazzo ancora di più.

Ora però, se voleva che la serata finisse in un certo modo, Kurt doveva trovarlo, il fiato – e anche il coraggio di parlare.

«Voglio che mi scopi.»

Davy si fermò, le dita immobili sull'ano. «Cosa?»

«Il dottore ha detto che posso... ehm... fare più movimento.»

L'uomo gemette e rabbrividì. «Dio, Kurt. Sono quasi venuto. Sei sicuro di volerlo?» Strinse nelle mani il culo di Kurt.

Kurt si tirò indietro, prese il viso del suo amato fra le mani e lo guardò nelle pupille, dilatate dal desiderio. «Sono mesi che lo sogno.»

Davy spalancò la bocca e rimase a fissarlo per un attimo prima di riprendersi.

«Allora sarà meglio che porti questo bel culo in camera da letto.» Davy sottolineò l'ordine con uno schiaffo deciso sui glutei.

«Caaaaazzo.» Gemette Kurt. Il dolore pungente gli rammollì le ginocchia.

Si sporse oltre Davy e chiuse il rubinetto. Si asciugarono a malapena, e l'uomo lo inseguì in camera da letto; Kurt si lanciò sul materasso e sentì appena il dolore alla spalla. Davy strisciò sopra di lui e prese a baciarlo selvaggiamente, la lingua che spingeva dentro e fuori in una sensuale imitazione di quanto lo aspettava.

Mugolò – adorava che Davy prendesse il controllo. Si sentì spingere i polsi, le mani sopra la testa. Davy mosse il bacino e strusciò il suo cazzo contro i glutei di Kurt, la punta grassa che gli stuzzicava il buco.

Kurt gemette ancora, e allargò le gambe per incoraggiare Davy a penetrarlo. L'uomo sospirò nel bacio, poi si strappò via e andò a cercare il lubrificante nel cassetto del comodino.

Si fermò con la bottiglia in mano. «Preservativo?»

Kurt ansimò, «Hai fatto sesso con qualcuno dopo di me?»

«Certo che no.»

«Allora vai così. Subito.»

Davy si bagnò due dita e le infilò dentro Kurt. Questi inarcò la schiena sulle lenzuola, e sentì un bruciore intenso – non aveva ancora molta esperienza. Bruciore a parte, però, era così piacevole… soprattutto quando Davy gli premette il polpastrello sulla prostata.

«Oh cazzo, sì.»

«Sei così caldo,» sussurrò Davy. «Così stretto, accidenti.» Piegò la testa e gli prese un testicolo in bocca. Kurt gridò e gli afferrò i capelli bagnati. Si aggiunse un altro dito.

«Mhmmm. Rilassati. Dimostrami che ti piace.»

La voce di Davy, il timbro basso, gli vibrava sui testicoli, spingendolo più vicino all'orgasmo.

«Sbrigati, ti prego.»

Davy si passò la lingua sulle labbra e sfilò le dita. Il buco di Kurt si contrasse, cercando di trattenere quelle dita magiche – anche se sapeva che un uccello sarebbe stato ancora meglio. Sotto i suoi occhi, Davy si unse il cazzo con un altro po' di lubrificante.

Poi si sporse su di lui, immobilizzandogli i polsi – anche se sapevano entrambi che Kurt avrebbe potuto liberarsi e fermare tutto in qualsiasi momento. Ma Kurt non voleva affatto fermarsi. Voleva guardare quell'espressione di Davy, diabolica e sensuale, per il resto della sua vita.

Sentì la punta del cazzo premere sulla sua apertura. Le andò incontro, ma Davy lo trattenne con un ghigno. Gemette e si contorse – ma quella carne invitante era appena fuori portata.

«Oh, sì. Daresti qualunque cosa per averlo.»

«Per averti.» Kurt aveva usato quel tono affannoso una sola volta in passato – quando avevano fatto l'amore per la prima volta.

Mentre col cazzo lo penetrava senza trovare resistenza, Davy chinò la testa e gli prese un capezzolo fra i denti. Attaccato su due fronti, Kurt strinse forte le lenzuola e piegò la testa all'indietro.

Davy estrasse lentamente il suo uccello, e a Kurt parve di sentire ogni vena, ogni rilievo. Un'altra spinta, e la punta gli sbatté contro la prostata. Gridò di nuovo.

Davy era passato all'altro capezzolo, ma ormai Kurt non percepiva più niente se non il movimento ritmico del cazzo dentro di lui. Non gli bastava mai.

«Davy, oh, Davy.»

«Adoro quando mi supplichi così, chiamandomi per nome.» Gli lasciò andare i polsi, ma prima che Kurt potesse allungare una mano e toccarsi l'uccello, per ottenere la pressione necessaria, Davy gli spinse le ginocchia contro il petto. «Tienile così.»

Obbedì, e subito l'uomo tornò in posizione e riprese a sbattergli dentro – sempre più forte, sempre più veloce.

«Davy, ti prego.» Doveva venire, doveva sentirsi pieno di Davy.

Una mano gli si strinse intorno al membro duro e dolorante, e lo sfregò forte.

Kurt lanciò un grido dal profondo dell'anima, mentre lo sperma gli schizzava sulla pancia.

Davy strinse i denti e continuò a scopare Kurt per tutto l'orgasmo, finché questi non smise di tremare; poi spinse il cazzo più a fondo che poté. Una vampata di calore gli colorò la pelle pallida e sudata del petto e del collo – e l'uomo venne, senza emettere alcun suono. Kurt sentì dentro un liquido caldo, e il cazzo esausto diede un fremito di vita.

Attirò Davy a sé, senza farlo uscire dal proprio corpo. Era una delle cose migliori del loro rapporto – potersi addormentare l'uno fra le braccia dell'altro.

«Ti amo.» Gli diede un bacio.

Davy gli sollevò il polso per baciare la cicatrice biancastra; poi passò la bocca su quella, più rossa, che aveva sul petto. «Anch'io ti amo.»

Sì – i segni che aveva sul corpo erano pietre miliari della loro relazione, indelebili come tatuaggi. Kurt aveva trovato l'altra metà dell'anima attraverso il dolore, l'angoscia e la disperazione. E se il risultato finale era una vita con Davy, ne era proprio valsa la pena.

KC Burn scrive da quando ha memoria ed è una fan sfegatata del lieto fine (di qualsiasi tipo). Dopo il trasloco da Toronto alla Florida, perché il marito trovasse il lavoro dei sogni, ha scoperto l'amore per il gay romance e ha realizzato anche il suo, di sogno – essere pubblicata. Di giorno KC si occupa di siti web; di notte trascura il suo comprensivo e amorevole maritino (nonché il gatto egoista) per scrivere storie d'amore fra uomini, ambientate nel passato, presente e futuro. Scrivere è sempre un piacere e una soddisfazione, ma scrivere dei suoi ragazzi è la cosa più divertente che le sia capitata da tempo; KC spera che anche voi vi divertiate quanto lei.

Visita il sito di KC: http://www.kcburn.com o seguila su Twitter: http://twitter.com/authorkcburn.